어느 날,　　　아침이 달리자고

말했다

어느 날,
아침이 달리자고 말했다

초판 1쇄 인쇄 2022년 03월 16일
초판 1쇄 발행 2022년 03월 28일

지은이 박채은(달리)
총괄 송준기

책임편집 정대망
편집 양지원

마케팅 총괄 임동건
마케팅 이혜연, 김미나, 이현아, 안보라, 한우리, 브루스
경영지원 이순미
펴낸곳 파지트
디자인 바이텍스트
제작지원 플랜비디자인

출판등록 2021-000049호
주소 경기도 화성시 동탄원천로 354-28
전화 031-8050-0508
팩스 02-2179-8994
이메일 pazit.book@gmail.com

ISBN 979-11-976316-9-6 03810

어느 날, 아침이 달리자고 말했다

박채은(달리) 지음

다이어트 약쟁이에서
아침에 달리기 시작한
'달리'가 전하는
삶에 대한 공감과 위로

PIAZIT

프롤로그

끈적끈적한 마음보다 더 빨리 달릴 수 있다면

찬란하고 생생했던 대학생 시절, 나는 가끔씩 외로웠고 또 가끔씩 화가 났고 또 가끔씩 슬펐다. 어떤 날은 무기력했고 또 주기적으로 우울이 찾아왔다. 어떤 사건들은 나의 바닥을 무너지게 만들었다.

이유를 모른 채 답답했던 날도 많았다. 그때의 나는 동기들과 룸메이트들과 수다를 떨며 스트레스를 해소했고 또 남의 험담을 하기도 했다.

내 돌파구는 카페였고, 떡볶이 먹기였고 쇼핑하기였다. 사실 다 그렇지 않나? 스트레스 받으면 카페에 가서 맛있는 생크림 카스텔라를 먹고, 쇼핑몰에 가서 이 옷 저 옷 사고, 다

시 배고파지면 콧잔등에 땀 뻘뻘 흘리며 매운 떡볶이를 먹는 것. 너무나도 평범한 대학생이었다.

그런데 가끔씩 땅이 꺼지는 고독함은 누구도 달래 줄 수 없었다. 이유도 모르고 내 안의 우울에 갇힌 날들이 있었다.

아니 사실 사랑이나 우정이나 뭐 그런 것들 때문인 날도 있었고 또 집안 형편이나 성적이 이유였던 날도 있었다. 세상은 그대로인데 지나고 보니 그랬었지 싶던 어떤 이유들로 나의 세상만 침울해져 있었다. 걷기는 많이 걸었는데, 그냥 문득 뛰고 싶었다. 한낮의 운동장에서 축구를 하는 학생들을 보고서 갈증이 났다. 땀 흘리기를 죽어도 싫어하던 나였는데, 땀을 흘려보고 싶었다.

떨어지는 땀 속에 끈적이는 마음도 함께 뚝뚝 흘러내릴 것 같았다.

그래서 뛰었다.

아니 뛰지 못했다.

뛰자마자 숨이 찬 것은 둘째 치고 스포츠 브라가 아니어서 가슴이 출렁거리기도 하고, 괜히 신발도 불편하고 그냥 누가 날 보는 것 같았다. 손에 들고 있던 휴대폰도 거추장스러웠다. 창피했다. 땀은 안 났다. 왜냐면 뛰자마자 포기했기 때문이다.

다음 주에 다시 도전을 했다. 운동화를 신고, 스포츠 브라도 큰 맘 먹고 샀다. 운동은 안 해봤지만 쇼핑에는 자신 있었기 때문에 새벽까지 운동복 쇼핑을 했다. 이번에는 휴대폰도 두고 왔다. 그리고 한 번 뛰어 봤다.

아니, 또 뛰지 못했다.

1km라는 거리 개념도 없었지만 1km는 고사하고 3분도 채 달리지 못했다. 이미 심장이 요동쳤기 때문이었다. 잠시 걸으며 숨을 고르고 나서 또 다시 뛰었다. 아직은 조금 더 숨차

고 싶었다.

한낮의 운동장은 너무 더웠다. 그 더위가 맘에 들었다. 나를 태워 죽일 것만 같은 그 땡볕이 힘들어서 땀이 나는지, 더워서 땀이 나는지 모호했다. 다 뛰고 나면 벌컥벌컥 물을 마셔야지, 생각을 하고 또 뛰었다.

아니 걸었다. 운동장 한 바퀴를 쉬지 않고 뛸 수 있을 때 까지는 한 달이라는 시간이 걸렸다. 정말 오래 달린 것 같지만 20분도 채 되지 않았고, 그 사이에 10분은 쉬면서 걸었다.

뙤약볕에서 달리면서 눈을 감으면 빨간 세상이 펼쳐진다. 현기증인지 빛 때문인지 여름 더위에 취한 탓인지 아무 생각도 들지 않고 거친 숨과 내딛는 다리만 이 세상에 존재한다.

그렇게 그 여름을 달렸고 쉬지 않고 두 바퀴를 달릴 수 있게 되었다. 운동 시간은 30분으로 늘어났다. 노래를 들으면서 뛰고 싶어서 팔에 휴대폰을 거치할 수 있는 밴드도 샀다.

오래 달리면 행복해진다는 러너스 하이는(Runner's High) 잘 모르겠지만 비실거리는 날들 속에서 달리는 동안은 불안하지 않았다. 숨가쁜 호흡 속에 폐를 콱 움켜쥐는 옥죄임이 고통스러웠지만 불안함보다 더 큰 고통이 나를 짓이기는 것이 좋았다. 멈추고 크게 숨을 들이쉬는데, '아, 나 지금 살아있구나' 라는 생각이 들었다. 이 땀에 모든 것들이 씻겨지고 또 흘러내리고 있었다. 생각보다 달리기라는 것이 괜찮은 것 같았다. 숨이 쉬어지기 시작했다.

답답한 마음이 들 때 나가서 뛰고 싶어졌고, 해소할 수 있는 사람이 되어버렸다. 방법이 생겼다. 뛰고 나면 내 안의 세상이 그리 복잡하지 않다는 것을 알게 되었다. 해결책이라기보단 사실 힘들어서 아무 생각이 나지 않는 거지만 뭐 그냥 그렇게 사는 거다.

나는 이제 내가 원할 때, 내 몸이 필요로 할 때 언제든 뛸 수 있고, 한 시간도 달릴 수 있다. 그래서 이제 알려주고 싶

다. 뛰는 건 어렵지 않다고. 뛰고, 땀 흘리고 나면 너무나도 세상이 달라질 것이라고.

목차

02. 지각인 듯 지각 아닌 지각 같은 나

누구에게나 아찔한 처음은 있잖아요_
취업, 공부, 사회생활 그리고 2030우리들

03. 어느 날, 아침이 나에게 왔다

시간 창조, 나는 아침형 인간이 아닌데_
아침을 통해 보너스 삶을 얻었다

04. 아침에 달리를 찍다

달리들과 함께 한 찰나의 순간들

05. 달리 보고 달리 뛰다

**안녕하세요. 아달 대장입니다_
달리의 시선, 아침에 달리**

달리고 나니 많은 것들이 덜어졌습니다

가벼워진 몸, 홀가분한 마음

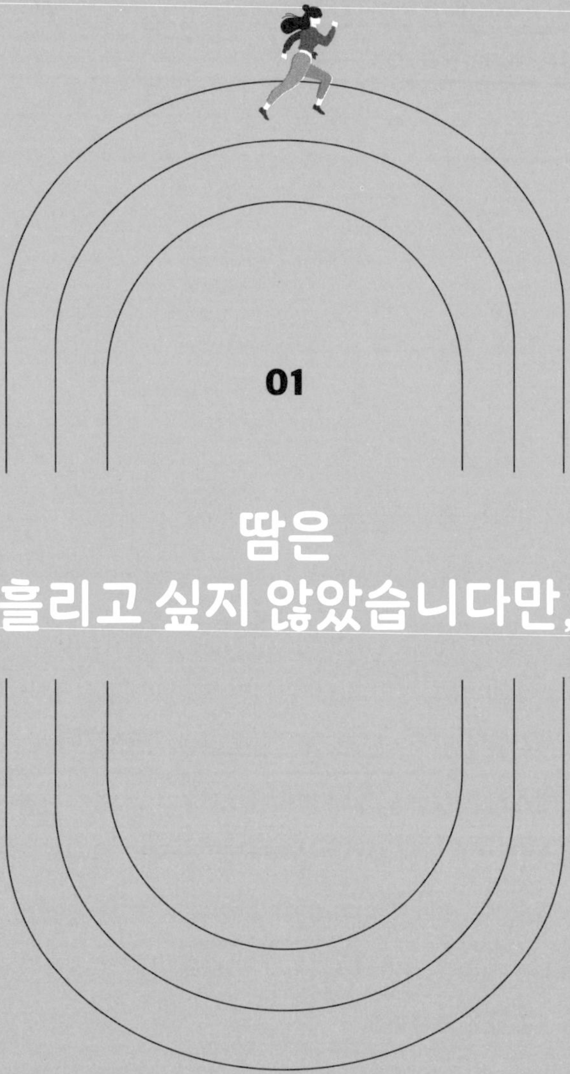

01

땀은 흘리고 싶지 않았습니다만,

저는 약쟁이었어요, 다이어트 약쟁이

다이어트 약을 먹으면 살이 빠질까? 쉽게 다이어트할 수 있다는 말들을 믿기 시작한 이후, 가르시니아, 카데킨, 차전지피 같은 원료는 물론이고 초록이, 딥트, 대장사랑 등 안 먹어 본 다이어트 약이 없다. 심지어 남들 다 알 것 같은 대표적인 것만 말해서 이 정도지, L카르니틴, 스벨티, 컷팅베이스 등 별스러운 것들도 많이 먹었다. 그냥 매달, 매일 시간에 맞춰서 밥 먹기 전엔 탄수화물 억제를, 밥 먹고 나서는 지방전환 억제제를 먹었으니까 말이다. 비싸도 다 사 먹었고 아이허브는 물론 효과가 좋다는 것은 여행 가는 친구들에게 사오라고 할 정도였다.

왜 그렇게 다이어트 약에 집착했을까? 살을 빼고는 싶었는데 노력하고 싶지 않았고, 그저 얼마간의 돈을 그 노력의 값만큼 치환하고 싶었기 때문이다.

나는 돈을 쓰면 결과가 나온다고 믿는 사람이었다. 공부도 학원에 돈을 낸 만큼 더 열심히 하고, 옷도 비싼 만큼 더 잘 입는다고 생각하는 사람이기에 다이어트도 같았다. 돈을 쓴 만큼 효과가 있을 거라고 생각했다. 그래서 돈을 벌고부터는 식단과 운동 대신 다이어트 약이 나와 함께 했다. 최소, 4년이겠지.

나는 약쟁이었다. 지금 돌이켜보면 4년 동안 지방을 분해하고, 탄수화물을 억제하고, 먹은만큼 대변으로 다 빼는 약을 먹었으니 모든 살이 사라져야 했다. 그런데 나는 너무나도 보통이었다. 오히려 그 4년보다 최근 6개월의 생활리듬이 내 몸의 라인부터 무게감, 그리고 불편한 식사까지 모두 바꿔 놓았다.

사실 지금 다이어트 약을 완전히 끊은 것은 고작 1년여에 불과하다. 그래도 이제는 자신 있다. 다시 약에 의존하지 않을 자신, 약보다 더 내 몸을 잘 관리할 수 있는 자신이 있다.

나는 이제 다이어트 약을 검색하지 않는다. 그 전에는 다이어트 약이 떨어져 가면 불안해서 얼른얼른 직구를 하곤 했기 때문에 내 책상에 다이어트 약이 없다는 것은 나로서도 새삼스러운 일이다.

늘 기름진 음식을 먹을 때면 친구들은 나를 찾았다. 그럼 나는 음식에 따라 카테킨을 주기도, 가르시니아를 주기도 했다.

"운동이 무슨 필요가 있어, 약으로도 뺄 수 있는데~ 쉽게 쉽게 살자, 돈으로 해결되면 돈으로 하자."

그렇다고 내가 뚱뚱했느냐 하면 그것도 아니다. 그냥 군살이 있는 정도이고 평범한 체형이다. 그럼 왜 그렇게 다이어트에 집착했을까? 날씬해지고 싶어서? 다른 친구들과 비교가 되어서?

지금 돌이켜보면, 자칫 방심하면 지금보다 살찌고 나빠질 것이라는 불안감이 나를 둘러쌌던 것 같다. 적게 먹으려고 해 봤지만 실패했고, 운동을 해보려고 했지만 며칠 만에 포기했기 때문에 내가 꾸준히 할 수 있는 것은 약 밖에 없다고 생각했던 것 같다. 그렇게 돈을 들인 것 치고는 전혀 효과가 없다고 할 수 있지만, 돈을 썼다는 생각만으로도 살이 빠지는 것 같았다.

지금은 달라졌다. 나는 내 몸이 불안하지 않다.

원한다면 살을 뺄 수도 있고, 무엇을 먹든 죄책감이 들지 않는다. 더 나빠질 것이라는 생각이 전혀 들지 않는다. 오히려 '너무 많이 빠지면 어떡하지'라는 생각과, 저칼로리보다는 균형 잡힌 식단을 먹으려고 애쓸 뿐이다. 고기를 먹으면 먹는 대로 좋다. 점심도 두 그릇씩 먹는다.

그럼 지금이 엄청 날씬하냐고? 그것도 아니다. 약 먹기 전과 고작 2kg 밖에 차이 나지 않는다.

그래도 나는 달라졌다. 내가 많이 먹어도 다음날 아침에 걸으면서, 뛰면서 다 소비할 수 있는 환경이 만들어졌기 때문이다.

약을 먹지 않아도 내 몸이 망가지지 않으리라는 확신이 생겼기 때문이다.

달리면서 생각한다. 어제 술을 3시간이나 먹고 안주도 그만큼 먹었는데, 고작 1시간을 못 달리면 안 되겠지? 그리고 그토록 많이 먹었는데 1시간 만에 다 없앨 수 있다니 그건 또 엄청난 행운이 아닌가 하며 기분이 좋아진다.

약쟁이었던 내가 약을 끊을 수 있었던 이유는 바로 내 몸을 스스로 컨트롤할 수 있기 때문이었다. 다이어트 약으로는 절대 살을 뺄 수 없다. 약을 먹는 동안 최고 몸무게도 찍어 봤다. 약을 먹으면 아무 음식이나 먹어도 흡수가 안 된다는데 먹으면서도 불안했다.

이제 나는 움직이는 것들이 자연스러워졌고 먹는 것에 죄책감이 들지 않는다. 먹어도 괜찮다. 나는 내가 먹은 것들을 다 소화시킬 수 있다. 오늘 먹고 바로 자도 내일 아침에 움직이며 클리어 할 수 있다. 먹은 시간들을 감사히 여길 수 있다. 더부룩한데 토 해야 하나 라는 생각을 안 해도 된다. 나는 내 몸을 컨트롤할 수 있다. 너무나도 당연하게.

그래, 나는 이제 약쟁이가 아니다.

달리,
아침에 달리

중, 고등학생 때 절대 체육시간에 땀 흘리지 않던 사람? 바로 접니다. 혹여나 땀 흘리면 하루 종일 찝찝하기 때문에 절대 움직이지 않고 가만히 수다만 떨던 사람? 그것도 접니다.

그랬던 내가 왜 운동을 시작했더라? 그 중에서도 달리기를?

처음 시작은 단순한 이유였다. 뛰는 것은 내 몸뚱이만 있으면 되니까.

남들 다 요가니 헬스니 할 때, 그 돈 아까워서 맨몸 운동을 시작했다. 운동에 돈 쓸 여유도 없고, 어쩐지 밖에서 할리우드 스타처럼 조깅하는 게 꽤나 멋져 보였다.

잘 뛰지는 못하지만 일주일에 한 번씩은 학교 운동장을 돌았다.

대학생 때는 숨쉬기 운동만 해서인지, 스마트폰만 해서인지 종종 머리가 아팠다. 아니 자주 머리가 아팠다. 그런데 가끔이지만 뛰고 땀을 쫙 빼면, 어쩐 일인지 그 한, 두 주는 개운했다.

살기 위해서 뛰었다. 아주 가끔, 아플 것 같다 싶으면 뛰어 주었다.

마라톤 대회도 10km지만 특별해 보여서 나가보았다. 뛸 때마다 응원해 주고 손뼉 쳐주는 예쁜 학생들의 생기가 너무 좋아서, 또 내가 대단해 보여서 몇 번씩 참가하였다. 아빠는 우리 가문에 이런 애는 처음이라고 신기해했다. 그리고 이 경험은 고스란히 취업을 준비하며 자소서에서 잘 쓰였다.

학생 시절에는 뛰고 싶을 때는 언제나 뛸 수 있었다. 뛸 마음이 잘 안 들어서 그렇지 원할 때면 언제나 달리기를 하러 나갔다. 그런데 직장인이 되고 나니까 뛰고 싶어도 야근하랴, 회식하랴 달릴 시간을 내는 것이 힘들었다.

그런데 뛰고 나서의 개운함은 10배로 더 많이 필요했다.

숨이 헉헉거리고 허파를 쥐어짜면 그냥 오늘 하루 있던 일들이 아무것도 아니게 되기 때문에 시간이 없으면 없을수록 더 나가고 싶었다.

그래서 알게 된 빈 시간, 아침. 아침은 아무도 나를 방해하지 못하는 시간이다.

나만 괜찮다면 언제든 내가 쓸 수 있는 시간이었다. 불가능이라고 생각했지만 우연히 어떤 마라톤대회에서 선착순 1,000명 이내에 완주를 하면 커피 기프티콘을 준다고 해서 새벽 5시에 일어나서 뛰게 되었다. 가능하다는 사실을 깨달았다.

그 뒤로 온전한 나만의 시간에 주 2~3회는 뛰기 시작했다. 아침에 달리는 과업을 완수하니까 하루가 상쾌하고 뭔가 이룬 느낌이 들었다. 경악하는 친구들에게는 10시에 자면 5시에 일어날 수 있다고 설명해 주었다. 나 또한 여전히 잠이 많기 때문에 잠을 줄이면서까지 운동하는 철인은 아니기 때문이다.

'아침부터?'가 아니라 아침이기 때문에 나를 지키기 위한 에너지 충전의 시간을 충분히 가질 수 있었다. 조금 더 사실을 고백하자면 '이렇게 힘들게 뛰는데, 어제의 힘든 일상은 뭣도 아니었지.' 하며 풀쩍풀쩍 뛰어다닐 뿐이지만 말이다.

난 아침에 달리다.

아침에 달리는 것은 살아있다는 느낌과 가치 있는 하루를 보낼 수 있다는 자신감을 심어준다. 혼자만 달리 말고 '다 같이 달리'하고 싶어서 2주간 매일 아침에 뛰거나 걷는 온라인 프로젝트를 열었다. 우스운 게, 나만 멋진 줄 알았는데 나는 아무것도 아니었더라. 비가 오든 태풍이 치든 5시에 뛰는 달리달리남도 있었고 부산을 가로지르는 달리달리녀도 있었다. 나만의 아침에달리가 아니구나. 좋은 건 다 알고 있었구나.

고요한 아침의 에너지가 좋고 달리면서 침전하는 그 순간이 좋다.

하루의 시작을 오롯이 나를 위해 생각하고 나를 위해 움직이는 아침은 특별한 하루로 변하게 된다. 그래서 나는 여전히 야근 러쉬 속에서는 회복런을, 회식 후에는 해장런을 달리며 아침 에너지를 채우고 있나 보다.

될 놈 될, 그러니까 넌 될 놈

"누나, 나 다음 주 최종면접. 안 되면 어떡하지?"

"야, 걱정하지 마. 걱정하든 안 하든 될 놈은 붙는다. 그리고 떨어졌으면 또 그것대로 괜찮아. 어차피 붙어도 너랑 사주 안 맞아서 오래 못 다녀~."

친한 후배의 취업 걱정에 이렇게 조언하는 나 역시 2년이 넘는 시간 동안 세 번의 취준 시절을 겪었고 나와 상성이 맞는 지금의 회사에 들어올 수 있었다. 어떻게든 취업해 보려고 조급한 마음에 아등바등 대기도 했다. 그 결과 첫 번째 회사는 금방 망해버렸고, 두 번째 회사는 내가 망가져 버렸다.

회사를 잘 알아보지 않고 일단 붙여주기에 다녔던 것이 결과적으로 빛나는 시절을 깎아먹는 일이 되었다.

서울 강남 한복판에 버젓이 있던 IT회사는 작지만 컴퓨터 프로그래밍의 한 분야인 DBA의 꿈을 이루기 위한 최적의 기회라고 생각했다. 레퍼런스 없는 곳에서 직장 생활을 시작하지 말라는 주변의 만류에도 불구하고 서둘러 입사해 버렸고 그렇게 여느 IT 회사가 그렇듯 수주가 힘들어지니 하나둘씩 회사를 떠나게 되었다.

첫 회사의 실패를 알리고 싶지 않았고 공백기가 두려웠던 나는 또다시 빠르게 다음 회사를 알아보기 시작했다. 소리 없이 고향집으로 돌아와 매일매일 쫓기듯 아주대 앞 24시간 카페에 앉아서 자소서를 휘갈기기 시작했고 어디라도 붙길 바랬다.

다행히 지방이지만 안정적인 작은 공단에 들어갈 수 있었다. 첫 번째 실패에도 불구하고 역시나 회사가 나를 판단할 때 나는 회사를 판단하지 않았다. 스스로 을을 자처하며 간택해 주기를 간절히 바랐다. 그리고 붙긴 하였으나, 안정적이고 꿀이 흐를 것이라 생각했던 곳은 신이 숨겨둔 좋은 직장이 아니었다. 아니, 숨겨두긴 했는데 괜히 와서 고생하지 말라고 신이 일부러 감춰 둔 직장이었다. 그것도 모르고 좋다고 짐을 싸들고 가족을 떠나 새 둥지를 마련했고, 9개월 만에 그만두게 되었다. 마음이 아프고, 몸이 아프고 이럴 바에는 돈을 벌지 않아도 되니 나부터 살고 싶은 마음이었기 때문이다.

그리고 세 번째 취준.

이전과 달라진 점이 있다면 회사라는 것에 대한 기대가 전혀 없었다는 것이다. 절실하게 노력해도 막상 다녀봐야 아는 게 회사라면, 나에게 알맞은 회사가 나타나겠지 하며 마음 편하게 생각했다. 그리고 쉴 수 있을 때 쉬자, 놀 수 있을 때 놀자라는 생각도 간지 나는 취준 생활에 한몫을 했다.

우선 아침에 일어나서 점핑센터를 갔다. 젊은 여자가 다니는 것이 웃길 수도 있지만 아침부터 춤바람 나게 뛰고 오면 기분이 좋아졌다. 그리고 취업스터디를 위해 지역 내 대학교로 향했다. 택시를 타고 안락하게 살랑이는 바람을 맞으며 선글라스를 쓰고 햇살을 만끽했다. 브런치도 자주 즐겼다. 지금 생활이 너무 좋았다. 이렇게 경쟁하지 않고 취업공부만 할 수 있다니! 어차피 취업은 될 테고, 사실 조금 늦어도 될 것 같았다.

취업스터디원들이 나를 보고 멘탈이 세다고 하였다. 그럴 수밖에 없었다. 자소서 하나 떨어졌다고, 최종 면접에서 떨어졌다고 해도 큰 타격을 받지 않았기 때문이다. 취업이 필요한 것은 맞지만 일희일비하지 않았기 때문이다.

100개의 자소서를 쓰고 10개의 시험을 붙고 2개의 면접에 가고, 또 그 중에서도 유일하게 한 곳의 회사에만 붙어도 나는 합격하는 것이기 때문에 모든 취업준비기간은 과정에 불과했다.

떨어져도 괜찮았다. 더 좋은 곳이 나를 위해 기다리고 있을 테니까.

이전에는 면접을 기다리며 일주일 내내 잠을 못 잤다. 무슨 질문이 나올까? 무슨 공부를 더 해야 할까 불안함에 새벽까지 모의 면접 강의를 보고, 자기소개를 준비했다. 하지만 이런 것이 다 무슨 소용이랴. 될 놈은 될 텐데. 그래서 면접이라는 것이 재밌어졌다. 나도 회사를 보기 시작했다. 나와 잘 맞는 곳일지, 붙더라도 내가 다닐만한 곳일지 말이다.

아이러니하게도, 20대의 찬란한 시절 중 나를 위한 시간을 가장 많이 가졌던 때가 바로 짧디짧은 3개월간의 마지막 취업 준비 기간이었다. 그 여름 나는, 돈을 쓰고 시간을 쓰며 마음을 아꼈다. 죽을 만큼 힘들고 재밌는 운동을 하며 땀도 흘렸다. 그렇게 아낀 마음은 자신감으로 되돌아왔고 이전과 같은 노력을 했을 때도 폼이 다를 수 있었다. 그리고 어느덧 3년째 가끔은 재미있고 또 종종 여유롭고 대부분은 열정으로 지금의 회사를 다니고 있다.

그러니 걱정 마라. 될 놈은 된다. 그리고 너는 나와 같이 될 놈이다.

안 되었더라도 불안해하지 마라. 거긴 어떻게 들어가게 된다 해도 더 쉽게 나오게 될 것이다.

어차피 붙을 텐데 간지 나는 취준생이 되자. 가장 찬란하게 빛나는 20대 중반, 걱정만 하기엔 날이 너무 좋다.

우리는 건강하지 않아요 (실패의 세상 속에서)

누구든 10번 도전해서 10번 다 거절당했다면 주눅들 것이다. 100번 시도해서 100번 실패했지만 그래도 또 도전해서 성공한 어른들의 얘기는 보험영업왕뿐인 것 같다. 아니면 정주영 회장의 '해봤어?' 일화라던가.

어른들은 모른다. 인적성 시험을 치고 전공 시험을 통과하고 면접까지 갔다는 것은 사실 매번 거절과 탈락의 과정이었다는 것을. 100번이고 200번이고 취업 실패의 연속인 우리들의 심정을 모른다.

말은 참 쉽다. 주제에 맞는 일자리를 골라! 전공 따지지 말고 일단 할 수 있는 일을 해! 돈이 없으면 막일이라도 해야지! 아르바이트하면서 공부하는 사람들도 수두룩하더라!

그런데 우리에게 열심히 노력하면 다 된다라는 것을 가르쳐 준 사람들은 누구였더라?

공부하지 않으면 저런 일 하게 된다고 공부만 시켰던 교육과정은 누가 만들었지? 단 1년만 돈을 벌어도 되는 거면 아무 일이나 하겠는데, 떳떳하게 내 가정 지키고 싶어서, 평생 나의 커리어를 만들고 싶어서 양질의 일자리를 찾는 것이 주제를 모르는 일인가?

나조차도 내가 취업을 준비했던 5년 전보다 지금의 난이도가 엄청나게 높아졌다는 것을 느낀다. 그러나 어른들은 모른다. 똑같이 힘들었어! 하면 끝나는 그 쉬운 한마디로 이미 실패의 틈바구니에 있는 우리를 기어이 찔러댄다. 옛날에는 그랬겠지.

그러나 우리를 그렇게 살지 말라고 가르쳤으면서, 남들이 가는 궤도에서 벗어나지 말라고 다그쳤으면서 이제 와서 왜 눈을 낮추라고 하는지, 알바라도 하지 부모님에게 기생하냐고 하는지 이해하기 어려운 말들뿐이다.

우리는 건강하지 않다. 매일 쓸모없음을 느끼는데 어떻게 건강할 수 있을까. 집에만 있지 말라고 하는데, 뭐라도 좀 하라고 하는데 이미 무기력해져서 시도보단 포기와 더 가깝다. 사실은 시도와 실패라는 결과에 대한 학습효과가 새로운 시도를 주춤거리게 만든다. 가장 사람들이 인정해주는 길로 가려고 궤도를 벗어나지 않기 위해 또 열심히 공부를 한다. 상처 입은 마음을 보듬는 것은 사치일 뿐, 내가 모자라서 그렇지 하며 가장 결과가 명확한 공부를 또 한다.

옛날과는 다르다는 것이 그저 투정 부림이 아니다. 우린 단지 아득바득 생존만을 위해 살아가는 삶에 대해 경험한 적이 없고 그렇게 살아가고 싶지 않을 뿐이다. 사회가 좋아졌다는 것은 기성세대들의 기준일뿐 우리는 지금이 기준이기에 더 좋다고 느끼지 못하는 것이 당연하다. 같은 환경에서 크고 자라지 않았는데 왜 자신들의 환경에 우리를 끼워 맞추려고 할까?

어떤 어른들은 급변해버린 디지털 환경을 이해하지 못하고 키오스크 앞에서 20분씩 30분씩 서 있거나 증명사진은 무조건 사진관에서 찍고, 아직도 대리기사 명함을 가지고 있지 않은가. 우리는 정말 각자의 세상에서 살고 있다. 우리가 그들 삶의 방식을 존중하는 것처럼 그들도 건강하지 않은 우리들을 보듬어줬으면 좋겠다. 우리가 이렇게 크길 바라셨고 키우셨고 우린 그대로 잘 컸으니까.

우리는 건강하지 않다. 나만의 문제인 줄 알았지만 우리의 문제이다. 나도 그렇고 너도 그렇다. 열심히 살아도 명확하지 않은 것들뿐인 세상 속에서 건강하면 오히려 그게 문제다. 남 탓 좀 해라. 열심히 살았고 열심히 살고 있는데 또 스스로를 탓하지 마라. 건강하지 않은 건 내 탓이 아니다! 우리의 냉정한 면접 결과처럼 그 어떤 누구도 회사에서, 사회에서 매일 거절당한다면 회사와 세상이 싫을 것이다! 심지어 회사를 다니고 있다면 월급이라도 나오지 않는가. 어쩌면 취준생인 우리가 기다리고 인내하는 멘탈은 더 셀 지도 모르겠다.

건강하지 않으니, 스스로를 구원하자. 스스로 건강하지 않다는 사실을 잘 받아들이는 것부터가 시작이다.

마음이 무거운 당신에게 달리기를 권합니다

어느 날 내 마음이 힘들다고 말했다. 오늘은 또 어떻게 흘려보내야 할지 하루가 너무 길다. 숨이 가빠지고 불안하다. 너무 열심히 살면 번아웃이 온다는데 그 무엇 하나 제대로 해 낸 것도 없는데 무기력해지는 이유는 뭘까?

어느 날 내 마음이 기운이 나질 않는다고 말했다. 매일과 같은 출근길인데 갑자기 심장이 쿵쿵거리며 불안하다고 울부짖는다.

우리는 너무나도 평범한 사람인지라 우리의 마음 역시 일상 속에서 행복함과 우울함 사이를 마구마구 돌아다닌다. 이때 필요한 것은 내 마음을 잘 진단하고 빨리 해결해 주는 것이다. 다른 사람들 감정만 살피고 기분 풀어주고 상담해 주려 하지 말고 스스로의 마음을 읽고 처방전을 내려주자. 우리의 삶이 한층 평안해진다.

1. 무기력할 때

무기력은 장난 많은 꼬마 아이와 같다. 언제 나에게 와서 장난을 걸 지 알 수 없듯, 갑자기 이유 없이 와서 훅 찌르고 간다.

아이들의 장난을 받아주지 않으면 엉엉 울거나 서운함이 오래가듯 무기력도 마찬가지이다. 아이와 같이 대해줘야 한다. 왔다는 것을 잘 알아차려 주고 장난에 바로 응답해줘야 다시 일상의 내 모습으로 돌아올 수 있다.

무기력을 이겨내기에 가장 좋은 때는 바로 아침이다. 아무리 힘든 날이 펼쳐질 지라도 아침만은 기분 좋아야 한다. 하루가 시작됨을 기대해야 한다. 아침에 일어나자마자 펼쳐질 하루가 막막하다면, 혹은 너무 무기력해서 무엇을 할 의지조차 없다면 나의 하루는 쪼그라든 채 시들게 된다.

무기력이 덮칠 때의 특효약은 내가 꿈꾸는 미래를 그려보는 것이다. 실제로 이룬 사람들을 찾아보며 미리 설레는 것이다.

모두가 꿈꾸는 더 나은 나의 모습이 있을 것이다. 더 예뻐지기, 더 사랑받기, 더 똑똑해져서 좋은 학교 가기, 대기업 취직하기, 내 집 마련 등. 그리고 이뤄진 목표들을 떠올리면 가슴이 두근두근하지 않는가?

더 성공해 있는 내 미래를 상상하면 어쩐지 열정이 마구 생긴다. 할 수 있을 것만 같다. 특히 허황된 꿈 말고, 직접 구체적으로 미래를 상상하는 힘은 매우 큰 실행력을 가져다준다. 꿈을 꾸는 자와 꿈이 있지만 상상해 보지 않은 자는 생각하는 것부터가 다르다.

이렇게 미리 내 꿈을 생각할 때, 그것이 이루어지는지의 여부와 상관없이 아드레날린이 분비된다. 사람은 상상하는 만큼 이룰 수 있는 힘이 길러진다고 한다. 더 크게 상상하고 갈구해라. 상상의 힘을 빌려라. 기운 없던 아침이 갑자기 생생해질 것이다.

아침은 매우 기분 좋다.

오늘은 시작되고

출발은 이제부터다

천상병 시인의 아침이라는 시의 일부 구절이다. 아침에 눈을 떴다면 한 번 생각해보자.

'어제는 어제로 지나갔어.

난 정말 행운이야, 왜냐하면 오늘부터 또 시작할 수 있는 새로운 기회가 생겼기 때문이지.

오늘은, 시작은 이제부터다.'

2. 불안해서 견딜 수 없을 때

불안은 까칠한 차도녀와 같다. 섣불리 건드렸다간 그 도도한 눈짓에 마음이 찢어져 버린다. 더 넓은 마음으로 이런 것들은 아무것도 아니게끔 크게 포용해 주어야 한다. 어떻게 이 숨 가쁜 불안을 포용해 줄 수 있을까?

바로 명상이나 호흡으로 꽉 안아 줄 수 있다.

사람의 마음과 몸은 다 이어져 있어서, 불안한 마음이 들면 정말로 숨이 가빠온다. 반대로, 숨을 편안하게 쉬고 산소를 더 많이 공급해 주면 뇌는 지금이 편안한 상태라고 착각을 하게 된다.

혹시 갑작스러운 불안증으로 심장이 쿵쿵댄다면, 어깨를 펴고 크게 숨을 들이켜라. 그리고 심장소리를 느끼면서 천천히 내뱉어라.

이런 것들은 아무것도 아니고, 내 두 발은 굳건히 땅을 디디고 있고, 나는 지금 여기에 무사히 존재한다는 사실에 안도해야 한다.

혹시 실수 때문에 두려워졌다면 "오늘도 실수했구나! 사람이니까 실수하는 거야, 할머니가 된 뒤에 이게 기억이나 날까? 아니, 난 사람이잖아. 누구나 이런 실수는 해! 내 실수마저 귀엽다. 이런 모습까지" 이런 생각을 의식적으로 해야 한다.

내 무의식은 실수를 해결하기 위해 애쓰고 있을 거고 나의 책임감은 이 실수를 어떻게든 해결하려 노력할 것이니 마음을 담대하게 먹어야 한다.

그리고 편안한 호흡과 마음으로 불안을 속여라. 어차피 지나갈 것이고 불안한 상황은 평온한 내가 더 잘 이겨낸다. 숨을 쉬어라. 큰 호흡을 내뱉어라.

더 쉬운 방법도 있다.

사실, 불안함을 이기기 위해 아무것도 할 필요가 없다. 그냥 눈을 감고 누워있기만 하면 된다.

바로 명상이다. 아침에 일어났을 때 5분 생각 명상, 출근길에 듣는 명상, 화가 났을 때 듣는 명상 등 짧은 시간 동안 뇌를 off 상태로 만들어 주면 그 모든 불안들이 생각보다 별 일 아니게 된다. 한 번으로 어렵다면 두 번, 세 번 들어준다. 마음을 속이기 위해 몸을 더 똑똑하게 껴안아주자.

3. 그냥, 힘들 때

그냥, 힘들 때가 있다. 이리 치이고 저리 치여서 마음이 너덜너덜해졌는데 다시 기워낼 힘이 없다. 그냥 찢어져버렸다.

이럴 때를 위해 스스로 가장 좋아하는 행복 루틴을 만들어야 한다.

나 같은 경우는 힘듦 1단계에 진입한 것 같다면, 카페를 간다. 가장 좋아하는 노래를 들으며 카푸치노 거품을 싹싹 핥는다. 특히 시나몬 가루를 듬뿍 뿌려 코가 따끔따끔해질 때면 약간의 카타르시스도 느껴진다.

힘듦 2단계에 진입한 것 같으면, 조금 더 돈을 쓴다. 우선 서점에 가서 예쁜 책을 고른다. 읽을지는 모르지만 지금 감성에 딱 맞는 책을 고르고 서점 계산대 앞에 있는 얄궂은 반지도 몇 개 산다. 그리고 바로 옆 꽃 집에 가서 가장 예쁘고 향기 좋은 꽃을 산다. 약간 돈이 아깝다는 생각이 들면, 잘하고 있는 것이다. 포인트는 나를 기분 좋게 하는 것들에 돈을 그냥 써 보는 것이다. 그리고 마무리는 카페에 가서 구매한 서적과 꽃을 멋지게 펼쳐 놓고 사진을 찍는다. 오늘은 책이 눈에 안 들어온다. 그것으로 된 거다.

힘듦 3단계에 진입했다면 비상상황이다. 이 때는 오감을 자극하는 특단의 조치가 필요하다. 여기서 문제 하나. 시각,

청각, 후각, 미각, 촉각 중에 우리가 가장 흔하게 보상해 주는 것은 무엇일까?

바로 시각과 미각이다. 영화 보며 맛있는 것 먹기와 같이 매일 저녁 나를 위한 보상 시간을 가질 수 있다. 하지만 힘듦 3단계는 이런 일상적인 보상들로는 부족하다. 그 동안 충족시켜주지 않았던 감각을 통해 충분히 나를 위로해 주어야 한다.

아주 고단한 날에는 입욕제를 욕조에 듬뿍 풀어 넣는다. 그리고 따뜻한 물에 몸을 담근다. 가장 좋아하는 노래를 배경으로 깔고 책을 읽거나 스마트폰을 본다. 물속에 깊이 잠겨있기도 하고 몸을 쓰다듬으며 미끈미끈한 감촉도 느낀다. 평소에 맡을 일 없는 색다른 향이 지금 이 순간을 아득하게 만들어준다. 여기서 끝이 아니다. 그날 끌리는 샤워용품을 통해 더 큰 행복을 마구 불어넣는다. 우울했다면 나를 안아주는 바나나 바디워시를, 이제 다시 기운이 나고 싶다면 통통 튀는 딸기 바디워시를 쓴다. 그리고 가장 좋아하는 향수를 침구에 뿌려준다. 다 씻고 나와서 개운한 몸을 침대에 던지면 향들이 겹겹이 에워싼다. 그 순간, 내가 이렇게 나를 잘 대접해 주고 있구나 하며 나 자신이 이토록 소중한 사람이라는 것을 다시 한번 깨닫게 된다.

나처럼 후각, 촉각이 아닌 다른 감각을 자극해서 더 큰 보상을 해 주어도 된다. 일상에서 벗어나 등산/낚시 등 광활한 자연을 보고 느끼면서 평온을 찾아도 되고, 글을 쓰거나 낙서를 하면서 응어리를 풀어 나가도 된다. 베이킹을 배운다던가 새로운 운동을 배우는 등 지적 탐구를 좇을 수도 있다.

가장 중요한 것은 내가 행복할 수 있는 비밀 버튼을 찾아내고 개발시키는 것이다. 나를 위해, 나의 행복을 위해 스스로를 아껴주는 행동은 고단함을 이겨내는 것 이상으로 생각보다 대단한 효과가 있다. 앞으로 살면서 계속 고난들이 있겠지만 비밀 버튼을 통해 또 쉽게 이겨낼 수 있다는 자신감이 생긴다. 인생이 당연히 힘들 수도 있다는 것을 인정하게 되고 스스로를 구원하는 과정이 재밌게 느껴진다.

혹시 스스로의 힘듦 단계를 인지할 수 있나요?

힘듦 해소 비법에는 기록하지 않았지만 다른 사람들에게 선물하기나, 좋은 시간을 보내며 스트레스를 푸는 것도 나를 위한 가치 있는 행동 중 하나이다.

스스로의 힘듦 단계와 처방을 확실하게 루틴화 시킨다면, 이 시기를 지나 보낼 때마다 내가 더 소중해질 것이다.

사람은 누구나 그런 시기가 있다. 나의 행복을 위해 현명하게 이겨내자.

당신은 스스로를 행복하게 하는 것들이 무엇인지 알고 있나요?

4. 마음이 무거울 때

마음이 무겁다면 훌훌 털어내면 되는 일이다. 다행히, 문제가 해결되지 않아도 훌훌 털어내는 방법이 있다. 문제 해결은 덤으로 따라오는 만능 비법. 전혀 상관이 없을 것 같은데 놀랍게도 술술 풀리는 비법.

몸을 움직여라. 앞서 언급했듯, 몸과 마음은 연결되어 있다. 몸을 쓰는 것은 마음을 쓰는 것과 같다. 몸이 개운해지면 마음도 개운해진다. 피곤할 때는 만사가 귀찮은 것도 같은 이치이다.

풀쩍풀쩍 뛰면, 그 동안의 곤궁함과 찝찝함들이 땀과 함께 뚝뚝 떨어진다.

숨이 차올라 아무 생각을 할 수 없으면, 그 동안 복잡했던 고민들이 아무 일이 아닌 것처럼 여겨지기 시작한다.

가벼운 발걸음에 생각보다 더 가벼운 마음이 생겨난다.

무작정 팔다리를 휘저으면, 찰나의 순간에 어떤 깨달음이 생긴다. 이것이 운동의 효과이다. 이것이 땀의 마법이다.

한 번도 안 달려본 사람은 있지만 한 번만 달려본 사람은 없다. 대부분의 사람들이 다이어트를 위해 달리기를 시작했지만 달리기를 지속하는 이유는 마음의 다이어트를 위해서라고 한다.

나가기가 귀찮을 수 있다. 일단 나가지 않아도 되니 양말부터 신자. 양말을 신으면 신발도 신게 된다.

바람이 이렇게 선선했는지, 그 동안 잊고 있던 소중한 마음들이 복잡한 생각들을 훌훌 날려준다.

마음이 무거운 당신에게, 달리기를 권합니다.

서른살 D-42

"아, 누나 이제 곧 서른이네, 어떡하냐 진짜."

오랜만에 만난 후배의 걱정에 기분이 썩 좋지 않았다. 서른이 왜 걱정일까? (왜 진심을 담아서 선량한 걱정을 보내는 걸까?)

친언니들은 서른이 되었을 때 더 설렌다고 하였다. 지금까지도 점점 좋아지고 있는데 앞으로는 얼마나 더 행복한 일들이 있을지 기대된다고 하였다. 나 역시 마찬가지이다. 힘들었던 학창 시절, 흔들렸던 대학시절을 다 보내고 사회에 드디어 입성했다. 스스로 돈을 벌며 취향을 찾고 나를 공부하는 중이다. 서른은, 나를 더욱 소중히 여길 수 있는 시간과 재원이 마련되는 시점이다.

그래서 서른을 걱정하는 소리를 들으니 지금의 내가 공격받은 것 같았다. 나는 지금 평화와 여유를 다 찾은 상태인데, 앞으로는 힘들어질 거라는 저주를 받은 것 같았다. 물론 현실적으로 보면 빨리 결혼할수록 더 좋은 조건을 맞출 수 있을 것이며, 어릴 때의 얼굴이 더… 예쁜가?

아니!

나는 점점 더 현명해지고 있고, 점점 더 건강해지고 있고, 점점 더 예뻐지고 있다.

노력으로는 갖출 수 없는 세월의 장점은, 아름다움과 상큼함. 이 둘뿐일 것 같은데 설령 못 갖추면 어떠랴. 30살 돼서 30살의 아름다움을 가지면 되고, 30살의 상큼함을 흩뿌리면 되는데, 누구를 위해서 20대의 것들을 지켜야 하나.

지킨다는 말도 별나다. 30살 만의 아름다움과 상큼함을 획득하는 것인데 잃는 것만 걱정하는 것이 참 우습다. 결혼을 일찍 하고 싶었기에 결혼 말고는 나의 서른을 걱정해 줄 필요가 없는데 누구의 잣대와 관점으로 걱정을 해 주는 걸까?

그 걱정을 걱정한다.

그러나 또 한편으론 나는 평범한 사람이기에 걱정에 고민이 생긴다. 그동안 혼자 자신만만했는데 세상은 그렇지 않다는 찬물이 끼얹어져서 작아지게 된다. '정말 내가 모르는' 30대의 세상이 있는 건가? 괜스레 없던 걱정거리를 찾아내야 할 것 같아서 불안해진다.

나의 20대를 예뻐해 주었던 사람들이 많은 만큼, 또 다른 사람들은 나의 30대를 더 예뻐할 것이라 믿는다. 세상에 사람들은 많고, 백 명이면 백 하나의 취향이 있는 세상이니까.

다음에도 다정한 걱정을 들으면 나의 서른을 축하해달라고 말해야겠다. 내가 열심히 살아서 여기까지 이룬 것들이 너무 자랑스럽고 앞으로 더더욱 불어나 넘쳐흐르는 것들을 나눠주고 싶다고 말해야겠다.

그리고 나쁜 마음 한 스푼 얹어서, '너는 서른 돼도 나만큼 못 이뤄.'라는 속마음은 살짝 감춰야지.

이번 주, 나의 30년을 기념하기 위해 초상사진을 찍기로 했다. 특별히 꾸미지 않고 그냥 내 모습 그대로 편안한 나를 남기려고 한다.

이때의 나는 이런 생각을 가지고 이런 삶을 살았구나, 괜찮았구나 내가.

지금까지 괜찮았던 것처럼 앞으로도 열정적으로 노력하고 즐기며 살아야지.

외적인 면은 기념이겠지만 지금 가지고 있는 나만의 오롯한 가치들은 사진을 통해 남겨야지. 우아함을, 순수함을, 열정을, 나를 사랑하는 마음을 잃지 말아야지.

미용실 찾아 삼만 리

커트, 염색, 파마 등 머리를 하기 위해 항상 다니는 나만의 미용실이 있다면 꽤나 성공한 인생에 속할지도 모른다.

무슨 머리를 해야 할지 모를 때, 일단 그 미용실에 가면 알아서 잘해 줄 테니까 걱정 없는 미용실. 당신은 나만의 미용실이 있나요?

어렸을 때는 조금이라도 싼 미용실에 가기 위해 동네를 돌아다니며 가격을 물어봤다. 그때는 미용실의 시술 가격을 바깥에 적어두지 않아도 되는 시절이었기 때문이다. 물론 지금도 긴 머리 이기 때문에 손상머리이기 때문에 라는 이런저런 추가금이 붙어 적힌 가격과는 한참 다르지만 말이다.

곱슬머리가 늘 고민이었던 나는 초등학생 시절부터 6개월마다 볼륨매직을 해야 했고 부모님은 이해하지 못하셨다. 단정하게 딱 묶고 다니면 되는데 왜 그렇게 머리스타일에 신경을 쓰냐고 하셨기에 특히나 비싼 볼륨매직을 허락받는 것에는 큰 스트레스가 수반되었다. 그러나 나는 머리를 묶지 않고 다니는 것이 평생의 소원이었다.

머리를 풀면 산적, 해그리드라고 불렸기 때문에 볼륨매직을 하고 단 일주일만이 내가 생머리로 다닐 수 있는 귀한 기간이었다. 중고등학생 때도 마찬가지였다. 친구들은 고민하지 않고 자유롭게 파마도 하였지만 나는 머리를 한껏 풍성하게 만들어주는 파마는 언감생심이었다. 그리고 내가 여태껏 머리를 고민해야 했던 이유 중 하나는 매번 달라지는 미용실과 디자이너 선생님일 것 같다. 새로운 곳을 갈 때마다 매번 실패하곤 했기 때문에 내 머리를 잘 알아주고 내 고민을 이해해 주는 미용실이 필요했다.

나만의 미용실을 정하기 위해서는 까다로운 세 단계가 필요하다. 가격이 적당한지, 선생님이 친절한지, 내 머리를 이해해 줄 수 있는지 이 모든 단계를 통과해야 한다. 이 글을 읽으면서 다들 나만의 미용실의 조건을 충족시켰는지 확인해 보자.

아무리 실력 좋고 친절한 미용실이어도 한 번 가는 데 6개월의 용돈을 모두 쏟아 붓는 것은 불가능하다. 이러면 딱 한 번 가고 다음에는 다시 갈 수 없는 그림의 떡이 된다. 볼륨매직에만 50만 원이 넘는 압구정 미용실에도 가 봤지만, 좋은 것은 그때뿐, 다신 갈 수 없었다. 아마 계속 다녔다면 멋진 머리 모양을 유지했겠지만 내 잔고는 유지할 수 없었을 것이다.

친절한 미용사 선생님은 정말 중요한 결정요인이다. 응대를 친절히 웃으며 하느냐의 문제가 아니다. 머리를 쓱 만져 보시고는

"어휴, 숱이 너무 많네. 하루 종일 작업해도 힘들겠다…" 하시거나

"머릿결이 너무 많이 상했네"

"곱슬기가 심해서 다른 곳에서도 못하겠는데?" 등 안 그래도 고민스러워 작아진 나를 짓누르는 말들을 하는 미용사 선생님이 정말 많기 때문이다.

고민을 나누기 위해 간 미용실인데 내 돈 내고 더 좋아지

기 위해 가는 미용인데 어째서 볼멘소리와 비난을 감수해야 하는지 정말 모를 일이다. 이런 분들은 대개 머리가 잘 안 나와도 원래의 머리 성질 때문에 어쩔 수 없다고 하시기 때문에 두 번 다시 갈 필요가 없다.

세 번째 조건인 내 머리를 이해하는 선생님, 즉 나에게 신뢰와 확신을 주실 수 있는지 알아야 한다. 그래야만 앞으로 좋아져 가는 과정을 기다리면서 지속적으로 다닐 수 있기 때문이다. 나만해도 그렇다.

그래, 난 머릿결도 별로고 선척적 곱슬이고 숱도 많다. 그런 내 머리를 보자마자

"아, 이런 머리에 하면 너무 예쁜 머리가 있는데, 믿고 해 볼래요? 조금 시간 걸릴 수는 있어요" 하시며 손을 내밀어 주신 선생님이 있었다.

잦은 염색과 시술로 인한 머릿결 손상은 차차 자르면서 회복시키면 되고 선천적 곱슬이 오히려 자연스러움을 가져다 줄 것이고 많은 숱은 탄력적인 헤어스타일의 필수 요소이다. 그동안 가격 상승과 비난 요인이었던 내 머리 성질이 장점이 되어버렸다.

많고 풍성한 숱 때문에 지금도 놀림받고 있고, 그저 풀고

다닐 수만 있게 깔끔하게 해 달라는 내 강박적인 주문에 대신 속상해하시며 깔끔하고 단정한 머리도 취향이고 풍성하고 곱슬한 머리도 취향임을 알게 해 주셨다. 돈을 내고서라도 나 같은 머리 모양을 가지고 싶어 하는 사람들도 있다는 것을 알려주셨다. 그리고 큰돈 들이지 않고도 단정한 머리를 위한 마법을 부려주셨다.

두 번째로 미용실을 다시 찾아갔을 때 나는 이렇게 말했다.

"깔끔하고 단정한 것은 이제 괜찮아요, 저에게 어울리게 다듬어 주세요"

나만의 미용실을 찾은 지 1년 반. 이젠 내 머리가 밉지 않다.

나에게 어울리는 머리를 위해 돈도 자신감도 잃었던 28년의 세월은 하루아침에 좋아질 순 없다. 다만 치아를 교정하는 것도 2년이 걸리는데 머리 모양 교정도 2년은 잡고 해야 하지 않겠는가?

미용에 관심 없고 또 나와 같은 머리 성질을 이해하지 못하는 세상에서 미용실 찾아 삼 만리를 헤매고 나서야 드디어

내 머리를 인정해 줄 수 있게 되었다.

곱슬한 내 머리가 좋아, 숱 많은 내 머리가 좋아.

그냥 러너 말고,
잘 달리는 예쁜 언니

예쁘다는(멋지다는) 말을 싫어할 사람이 과연 있을까? 더군다나 좋아하는 일을 하고 있는 내 모습이 예쁘고 멋있게 보인다면 그것보다 더 뿌듯할 수는 없다.

건강한 몸과 에너지 넘치는 마음을 위해 뛰는 건 맞지만 그래도 예쁜 러너가 되고 싶다. 고백하건대 내가 인생 최초 마라톤을 포기하지 않았던 이유는 달리느라 숨이 깔딱거리는 와중에 학생들의 또렷한 응원을 들었기 때문이다.

"언니 멋있어요, 파이팅!" 하는 소리에 그만 나도 모르게 정신줄을 붙잡아 버렸고 하이파이브를 해 주는 순간 다시 뛸 수 있는 힘이 생겨버렸다. 그렇게 얼떨결에 완주까지 해 버렸다.

그래, 난 잘 달리는 러너도 좋지만 잘 달리는 예쁜 언니가 되고 싶다.

어떻게 하면 잘 달리는 예쁜 언니가 될 수 있을까?

다이어트를 위해 무작정 달리기만 한다면 원하지 않았던 기미와 근육까지 얻을 수 있다. 매일 달리면서도 포기할 수 없었던 예뻐지는 비법들을 통해 '운동 열심히 하니까 그렇게 멋진 거구나!'라는 감탄을 들어보자. 아마 더 열심히 달리고 싶을 것이다!

1. 탄력 있는 몸매로 거듭나고 싶다면

달리기만큼 다이어트에 정직한 운동은 없다. 당연히 살은 빠질 수밖에 없다. 이제까지 아달리 프로젝트를 함께 했던 사람들 중 살이 많이 빠져서 놀랐던 경우는 있었지만 안 빠져서 고민이었던 사람은 없었다. 이것만은 의심할 필요가 없는 사실이다.

아마 진짜 궁금한 것은, 과연 달리기로 예쁜 몸매를 가질 수 있는 있는지일 것이다. 유산소만 하는데 정말 탄력 있는 몸매가 가능할까? 혹시 가슴이 처지면 어떡하지?

몇몇 사람들 중에는 혹시나 몸매가 망가질까 봐 유산소 운동을 아예 하지 않는 경우도 있다고 한다. 정답부터 애기한다면 적당한 장비를 갖춘 뒤 하는 운동은 가슴이 처지거나 망가지지 않는다. 사실 달리기가 맨몸 운동이라는 말은 옛말일 뿐, 지금 시대에는 기술의 운동이라고 할 수 있다.

절대 하면 안 되는 것 : 요가/필라테스 등을 위한 스포츠브라는 절대 착용하지 말 것! 모양은 똑같을지 몰라도 달리기를 위한 운동복을 갖춰야 한다. 운동에 거슬릴 뿐만 아니라 고정을 해주지 못하기에 중력의 영향을 그대로 받는다. SPA 등 스포츠용으로 나온 제품도 실상은 스포츠용이 아니다. 내 몸를 위해서 스포츠 브랜드용으로 선별하여 착용하자.

나 역시 런생아 시절부터 나이키, 아디다스 등 하이서포트류의 스포츠브라를 이용해 왔다. 몸매를 꽉 잡아주는 효과는 확실했으나 흉곽압박이 상당하여 가끔은 달리기가 고문 같았다. 그렇다고 압박이 덜 하면 안 달리느니만 못한 부작용이 있을까 봐 늘 고민이었다. 뛰는 날이 많아질수록 여러 제품을 시도하다가 스포츠브라 전문 브랜드 제품을(소크업소버) 이용하게 되었다. 예쁘지는 않지만 숨쉬기도 편하고 고정력도 좋았다. 1년 동안 1,000Km를 달렸지만 몸매가 더 좋아지면 좋아졌지 부작용은 없었다! 적절한 제품을 사용한다면 여자들도 걱정 없이 달리기를 즐길 수 있다.

달리기만 했는데 탄탄한 근육이 생긴다?

과연 믿을 사람이 있을지 궁금하지만 이 또한 사실이다. 달리기는 유산소이기 때문에 탄탄한 근육과는 전혀 상관없다고 생각할 수 있다. 하지만 달리기는 호흡으로만 뛰는 운동이 아니다. 다리로만 터벅터벅 뛰는 운동이 아니다. 잘 달리기 위해 허리 딱 펴고 뱃심으로 뛰다 보면 저도 모르게 코어 근육이 길러진다. 등부터 엉덩이, 허벅지까지 모든 근육을 사용한다.

나 역시 웨이트는 거의 한 적이 없어서 스스로가 당황스럽지만 10km 이상 장거리를 하고 나면 의외로 복근이 보인다. 다리를 의식적으로 들어 올린 뒤 지면을 차는 일련의 행동들이 엉덩이 근육을 강화시킨다. 딱히 힙업을 생각하고 달리기를 한 적은 없지만 어쩐지 장거리 뒤의 내 모습은 근사해져 있다.

덜렁이는 팔뚝 살도 없어진다면 정말 완벽할 텐데!

달리기가 가져다준 보물 같은 효과는 바로 팔뚝살이다. 학창 시절 내내 고민이던 덜렁덜렁 팔뚝살. 나 역시 평범한 학생이었기에 매일 팔뚝을 부여잡고, 이만큼만 없어지면 좋을 텐데 하고 쓱싹쓱싹 손으로 잘라냈던 기억이 있다.

하지만, 달리기에는 "팔 치기"라는 기술이 있었다. 힘들 때 힘내려고 팔꿈치를 뒤로 치면서 달리고, 호흡이 흔들릴 때는 살짝 팽이 돌리듯 회전하며 팔 치기를 한다. 팔의 리듬을 따라 다리가 움직이기에 팔 치기는 다리의 움직임보다 어쩌면 더 중요한 자세이다. 그렇게 열심히 팔 치기를 하며 달렸더니, 가끔은 오래 달리고 나면 팔이 아프다. 그렇게 덜렁이들이 없어져간다. 이젠, 반팔이 두렵지 않다.

그런데, 종아리에 알이 생길까 봐 무서워서 못 뛰겠다면?

사실, 달리기를 한다고 다리가 두꺼워지는 것이 아니다!

걸을수록 종아리가 당겨서 오래 못 걷는다면 원래 원래 다리가 약한 사람이 아니라 걷는 방법이 올바르지 못한 경우일 수 있다. 아달리를 운영하면서, 가끔 다리가 아프다거나 무릎이 불편하다고 통증을 호소하는 사람들이 있었다. 조금 관찰을 해보니, 과하게 종아리에 힘을 주거나 종종거리면서 걷는 습관이 있는 분들이었다. 허벅지와 엉덩이가 아닌 종아리로 걷는다면 누구라도 쉽게 다리가 피로해진다. 그리고 종아리 근육만으로 걸어갈 수 있는 힘을 내야 하기 때문에 근육, 그러니까 종아리 알이 점점 더 커 질 수밖에 없다.

반면 올바르게 걷는 방법을 익히고 난 뒤 바르게 달려준다면 오히려 이제까지 생겼던 알들이 부드러워질 것이다. 축구 선수 중에도 각선미가 끝내주는 선수들이 있지 않은가. 허벅지를 의식하고 엉덩이에 힘을 주면서 걸어보자. 걸음 방식이 교정되고 힘을 올바르게 주는 방법을 익힌다면 닭다리가 되는 근본적인 원인을 고친 것이나 다름없다!

제대로 걷고 뛸수록 우리의 다리는 예뻐지고 있는 중이다.

첫눈에 운동하는 사람인지 아닌지 결정짓는 요소는 바로 그을린 피부결일 것이다. 그리고 더 적나라하게 얘기하면 기미와 열에 늘어지는 모공까지 갖춘 얼룩덜룩한 피부일 것이다. 달리기는 야외활동이기 때문에 무엇보다 자외선 차단이 중요하다.

나 역시 아침에 일어나자마자 달리러 나갈 때, 로션은 안 발라도 선크림은 무조건 발라준다. 너무 태양이 강한 낮이라면 모자까지 써 주는 것이 좋다. 얼굴뿐만 아니라 목과 귀까지 차단제를 발라주자. 요즘은 매일 마스크를 쓰기 때문에 야외운동이지만 태양 한 번 안 마주치고 운동을 끝낼 수도 있다.

운동이 끝나면 마스크팩도 좋지만 시원한 물로 계속 온도를 낮춰준다. 순한 미스트로 수분을 공급해 주며 피부를 진정시켜 주는 것이 좋다. 열에 달아오른 상태이기 때문에 가능한 순한 제품으로 시원하게 피부를 회복시켜주자.

반대로 겨울에는 찬바람을 더 조심해야 한다.

자칫 찬 바람에 맨 얼굴을 오래 노출한다면 바로 당장이라도 허옇게 버짐이 올라올 것이다. 때문에 겨울에는 그게 뭐가 되었든 기름진 로션을 잔뜩 발라준다. 그리고 선크림으로 덮고 마스크까지 써 준다. 로션도 흡수보다 찬 바람을 막기 위한 방어막 역할로 써 주기 때문에 기름막이 가득한 것으로 발라주기만 해도 충분하다. 어차피 운동 30분 뒤에는 깨끗이 씻어낼 테니 말이다.

이렇듯 아주 간단히 로션과 선크림, 마스크 만으로도 달리기로 인한 피부 손상을 막을 수 있다. 야외 운동을 하는 만큼 더 기미와 잡티 등 피부에 신경을 쓰다 보니 오히려 달리기 전보다 좋아지고 있는 중이다.

우리는 그냥 러너 말고, 꾸준히 운동하니까 더 예쁠 수밖에 없는 사람들이다.

움직인다는 것은 용기가 필요한 일일지도 모른다

타고난 운동맨들은 삐걱대는 몸치들의 마음은 잘 모를 것이다. '내 몸짓으로 누군가의 주의를 끌고 싶지 않다.' 나에게 운동은 그런 거였다. 볼링을 칠 때 손을 뻗는 뒷모습은 우스꽝스러울 것 같았다. 날아오는 피구공을 잡지 못하고 머리를 맞으면 정말 망신이다.

늘 운동하는 자세가 창피했다. 운동이라는 것은 힘을 주고 독특한 몸짓을 해야 한다. 살면서 기껏해야 걷는 동작 밖에 안 해봤는데 팔을 쫙 벌리고, 다리를 움츠리는 등 큰 몸짓을 해야 하다니. 누군가 날 보면 뒤뚱뒤뚱 움직인다고 생각할 것만 같았다. 그 동안 해 본적이 없었기에 운동이 부끄러웠다. 아마 나만의 부끄러움은 아닐 것이다.

나는 달릴 수 없는 사람이었다. 걷는 자세에서 조금만 더 힘을 주기만 하면 되는 간단한 일이지 않냐고 생각 할 수 있다. 하지만 가만히 걷다가 다리를 들어올리는 그 하나가 참 어려웠다. 뛸 수 있다고 생각해 본 적이 없었다. 팔다리를 평소보다 조금 더 높이 드는 것이 무서웠다. 크게 움직여도 된다는 사실을 몰랐다. 이리저리 움직여도 괜찮다고, 부끄러워하지 않아도 된다는 사실을 알려주는 사람이 없었다. 그러니까 나는 달려도 괜찮다는 사실을 몰랐던 것이었다.

그리고 걷고 걷다가 움직이고 싶어졌던 날이었다. 매일 걸었지만 걷기로 해소되지 않은 가려움이 있었고 답답함이 있었다. 힘을 주어 탁탁 털어내고 싶었고 움직이며 떨쳐내고 싶었다.

다른 사람이 쳐다보면 어떡하지, 입이 바싹바싹 말라왔다. 내가 갑자기 뛰면 이상한 사람이라고 생각 할 것 같았다. 축구와 농구를 하는 사람들 틈에서 나만 달리기를 하면 너무 별종처럼 보일 것 같아 기껏 입고 온 운동복도 부끄러웠다. 달려도 되나? 해 본 적은 없는데 이렇게 대낮에 운동장을 뛰어봐도 되나?

긴장 속에 팔을 휘둘렀다. 아무 일도 일어나지 않았다. 이번엔 다리를 들어 보았다. 그리고 살짝 힘을 주었다. 괜찮았다. 그렇게 용기를 얻었고 짧은 순간이었지만 빠른 손짓과 힘있는 발짓으로 달렸다. 큰 숨을 들이켜고 소란하게 내뱉었고 아무도 관심이 없었다.

한 번도 달려보지 않았지만 원한다면 갑자기 달려도 되는 것이었다. 크게 움직여 본 적 없었지만 마구 움직여도 괜찮았다. 상상보다 달리는 자세는 멋졌고 아쉽게도 다른 사람들은 나를 쳐다보지 않는다. 운동화를 조여 매고 나니 이전에는 보이지 않았던 러너들도 갑자기 보이기 시작했다. 그냥 덥석 뛰는 것은 나 같은 몸치에게는 불가능했다. 달려도 괜찮다는 마음이 없었다면 여전히 걷고 있었을 것이다.

이제 나는 원할 때 언제든지 달릴 수 있다. 달려도 괜찮다. 움직임이라는 세상이 열렸고 내 몸을 마음대로 펼칠 수 있게 되었다. 원한다면 활기차게 농구공을 드리블할 수도 있다. 바삐 일상 속 걸어가는 사람들 틈에서 시티런도 할 수 있다. 이제는 움직임이 부끄럽지 않다. 내 몸짓이 좋다.

여전히 피구할 땐 긴장되고 볼링자세도 엉거주춤하다. 다만 이제는 공을 잡기 위해 손을 번쩍 들 수 있는 용기가 생겼다. 내가 편한 자세로 볼링공을 천천히 굴려도 된다는 사실을 알고 있다. 원한다면 크게 움직일 수 있다. 그렇게 해도 괜찮다.

멈출 수 없는 회개런의 유혹

회개런 : 많이 먹었다면, 먹은 만큼 뛰면서 칼로리를 소모시키는 것

러너들이 자주 하는 운동법. 잘 먹고 잘 먹은 만큼 러닝 버닝.

이 회개런이란 말을 처음 들었을 때는 잘 먹고 먹은 만큼 운동하는(회개하는) 굉장히 건강한 다이어트처럼 들린다. 하지만 이 좋은 회개런에도 딜레마가 있다.

회개런의 딜레마

1. 많이 먹고 소화를 위해 먹은 만큼 뛴다.

2. 칼로리를 다 소모했기에 죄책감이 사라진다.

3. '내일 또 뛰면 살 안 쪄라'는 생각을 가지고 영양 보충 겸 또 잘 먹는다.

4. 더 잘 먹은 만큼 더 잘 뛰어 준다.

이렇게 매번 반복하면 5Km가 7Km가 되고 정말 먹은 만큼 다 뛰기 위해 10Km를 훌쩍 넘기게 된다. 체력도 정말 좋아져서 더더더 길게 뛰는 것에 부담이 생기지 않는다. 그리고 많이 먹었을 때, '내일 또 뛰면 되지!'라는 마음으로 계산을 한다. '내일은 12Km 정도면 되겠군.'

러너들의 온라인 기록을 보면 매일의 운동기록 못지않게 꾸준히 등장하는 기록이 있다. 바로 음식 사진이다. 먹스타그램인지 운동 스타 그램인지 얼핏 분간이 안 되는 먹방 사진들이 굉장히 많다. 심지어 다 영양 만점의 고칼로리 음식들이다. 그리고 그 다음 사진은 러닝 기록이다. "회개런 겸 하프(21Km) 뛰었어요."라는 엄청난 장거리 기록.

아예 음식 사진이 운동 인증사진인 사람들도 있다. 떡볶이에 3Km를 기록해두고, 파스타에는 5Km를 같이 남긴다.

댓글은 다음과 같다. '맛있는 거 드셨네요, 저도 오늘은 해장런이에요!'

나 역시 이제는 다이어트에 크게 신경 쓰지 않지만 어쩐지 점점 달리는 거리가 늘어나고 있다. 지난 추석에도 많이 먹을 것을 염두에 두고, 친척집에 갈 때 운동화와 러닝복을 챙겼고, 낯선 경주에서 7Km를 뛰고 들어왔다. 명절에 먹은 전과 튀김을 싹 다 태운 느낌이었다.

이번 크리스마스도 마찬가지다. 이브날도 크리스마스 당일도 많이 먹을 것을 알기에 크리스마스 기념으로 12.25Km를 아침 6시 반에 뛰었다.

혼자 뛰었을까?

만날 순 없지만 뜻이 같은 다른 러너들과 온라인 라이브캠을 켜고 함께 뛰고 왔다. 모두 다 같이 12.25Km를.

회개런의 효과를 알기 전에는 10Km 이상을 뛰는 것은 상상조차 해 본 적이 없었지만 점점 거리와 시간이 늘어나게 된다. 올해 처음으로 17km라는 신기록도 달성해 보았다. 그날 뭐 먹었더라? 기억은 안 나지만 내 달리기 기록에는 '최장

거리 달성 + 소화 끝!'이라고 적혀 있었다. 주말이니 또 고기를 먹었겠지 짐작만 할 뿐…

그래도 많이 뛰면 늙을 것 같으니까, 내 무릎과 연골은 소중하니까 적당히 먹고 일주일에 한 번만 길게 뛰어야겠다.

앗, 어제 먹은 양고기가 꿈틀댄다. 잠깐 뛰고 와야겠다.

오늘부터
달리기를 한다면

운동을 시작해볼까 결심했을 때 가장 먼저 하는 행동은 바로 '요가 다이어트 효과', '매일 달리기 후기' 등 검색을 하는 것이다. 매일 운동을 하면 한 달 뒤에 얼마나 좋아지는지 자꾸 궁금해져서 '주 3회 수영하면', '필라테스 한달 후기' 등을 조사한다. before&after 사진을 볼수록 이미 내가 변하고 있는 것 같았고 운동 후기에 나오는 것처럼 한 달 뒤 멋져질 내 모습에 설레곤 한다.

그렇다면 과연 오늘부터 달리기를 한다면 어떤 효과들이 있을까? 사실 나 같은 경우는 '뛰어보자'라고 마음먹은 뒤 바로 달릴 수 없었다. 아무런 장비 없이 원할 때 뛰어도 되는 맨

몸운동이라지만 막상 달리기를 시작한다는 것은 참 어려운 일이었다.

뛴다는 것, 힘주어 다리를 내 딛을 뿐이지만 걷기보다 훨씬 어렵다. 얼굴은 벌개지고 콧잔등의 땀과 함께 팔다리의 큰 동작들은 다른 사람들이 쳐다보는 것만 같아서 부끄럽기도 하다. 왜 애써 버둥거리며 헉헉거리며 달려야 하는지도 모를 일이다. 아니, 실은 달릴 거라고는 상상해 본 적이 없다. 그래서 처음에는 달리기가 아니라 마음에 맞춰 천천히 걷기만 했다. 걷다가 땀이 조금 나면서 나도 모르게 한 번 뛰어 볼까 싶었다.

무거운 마음이 냅다 달리면서 가벼워지면 좋을 텐데. 마음보다 더 빠르게 달릴 테니 이 짐들이 따라오지 않기를 바랐다. 내 땀들이 흐르고 뚝뚝 떨어질 때 이 지저분한 마음들도 같이 떨어져 나갔으면 좋겠다는 마음에 문득 뛰기 시작했다.

몇 분 못 뛰고 멈췄지만 헐떡거리는 숨이 의외로 마음에 들었다. 내가 마음보다 더 빨랐던 순간이었다.

달리기가 인생을 탁월하게 변화시키는지는 모르겠다. 그런데 한가지 확실 한 것은 달리고 나면 마음속에 있는 돌덩이가 솜사탕이 되어 물에 풀리듯 사그라든다는 것이다. 숨을 헉헉거리고 땀 뻘뻘 흘리다 시원한 물 한잔 마시면 '아, 인생. 인생은 이런 거지' 싶다. 아마 한 번도 안 달려본 사람들은 쉽게 느낄 수 없는 해방감일 것이다. 오늘은 뭔가를 조금 더 해볼 수 있겠다는 마음이 든다.

러너라서 참 다행이라고 생각하는 순간이 또 있다. 외모에 관심이 많아진 순간부터, 그리고 초등학생 시절 친구들의 등 위로 올라타는 말뚝박기 게임이 싫어진 순간부터 지금까지 조금 더 작고 날씬하길 바랬다.

알고보면 표준인데도 내 몸에 자신이 없었다. 후추만 뿌린 버섯을 매일 저녁으로 먹기도 했고 단백질 쉐이크만 삼시 세끼 먹은 적도 있었다. 물론 이틀 이상 식단을 유지한 적이 없었기에 살이 빠지진 않았지만 세월이 흐르며 먹는 것은 줄어들었는데 왜 덩치는 줄지 않는지 내 몸 여기저기가 불만이었다.

그런데 요즘은 많이 먹으면 먹는 대로 조금 더 달리곤 한다. 몸무게는 크게 달라지지 않았는데 한결 가볍고 탄탄한 몸이 이제는 밉지 않다. 아주 마르진 않았어도 내가 만든 몸이라서 소중하다. 당연히 가끔 배가 뽈록 나오기는 하지만 그래도 괜찮다. 금방 원래대로 돌아올 수 있으니까.

사실 나에게 몸무게는 행복을 조준하는 아주 중요한 시그널이었다. 지금 내가 잘 살고 있다면 몸과 마음을 가꿀 여유가 있어야 한다고 믿었기 때문에 내 몸 하나 내 마음에 들지 않으면 어떤 일상도 행복하지 않았다. 그래서 야근이 잦은 직장생활을 했을 때는 나를 돌보지 못했다. 더 이상 볶음밥도 탕수육도 싫고 짜장면은 진절머리가 났다. 인생 최대 몸무게인 57kg을 찍고 회사를 그만 두었다. 나부터 살리기 위해서.

직장인이라면 다 그런 시기가 있을 테지만 이번 회사도 빈번한 야근시즌이 기다리고 있었고 이번에도 매일같이 짜장면을 먹고 다시 또 업무를 하느라 도무지 운동할 시간이 없었다. 통통해지는 것은 둘째치고 점점 몸에 대한 통제를 잃는 것 같아 행복할 수 없었다. 그러나 이제는 그렇게 무책임하게 그만 두지 않게 되었다. 다시금 행복과 여유를 찾기 위해 일주일에 한 번, 원 없이 달리기로 특단의 조치를 내렸고, 효과는 탁월했다! 신나게 달리다가 힘들면 걷기도 하면서 주말 하루 길게 달려주었더니 일주일 내내 몸이 가벼워지는 것이 아닌가!

몸을 컨트롤 할 수 있으니 마음은 쉽게 가벼워지기 시작했다. 일주일에 한 번씩 한 달을 달렸더니 야근시즌 끝났고 내 몸도 원래대로 돌아왔다. 줄어드는 몸을 보며 빨리 다음주 주말이 또 오기를 바랬다. 가벼워지는 마음속에 밀린 업무도 한결 쉽게 쳐 낼 수 있었다. 러너라서 참 다행이다.

누구에게나 아찔한 처음은 있잖아요

취업, 공부, 사회생활 그리고 2030우리들

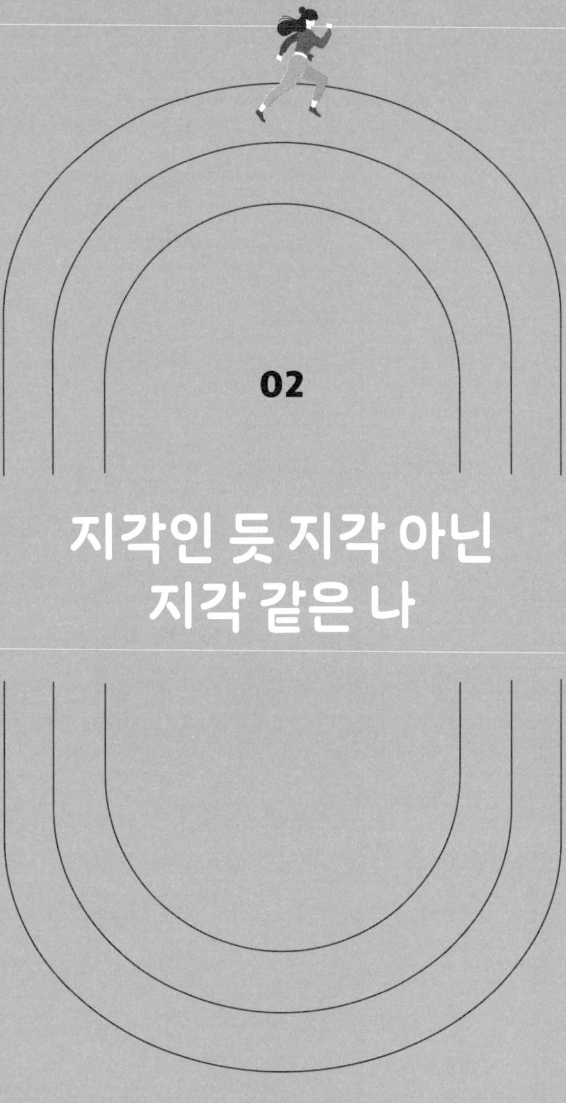

02

지각인 듯 지각 아닌 지각 같은 나

사직서를 내도 될까요?

그 즈음의 내가 아침에 와서 제일 먼저 하는 일은, 사직서를 출력해서 내 이름 석 자를 적는 일이었다. 퇴사 사유란에 무미건조한 개인 사정이라는 단어를 기입하고 오늘 날짜로 새로 갱신하는 것이었다. 그리고 언제라도 낼 수 있게 첫 번째 서랍 가장 위에 넣어두곤 했다. 어제 작성한 사직서를 찢고서.

사직서를 내는 것에는 용기가 필요하다. 그리고 심약한 나에게는 사직서를 낼 용기가 없었다. 여러 사람들의 상담도, 뭐가 어렵고 힘드냐는 추궁도, 나만 약해서 못 버티는 것 같은 상황도 견디기가 어려울 것 같았다. 나에게 사직서는 실제로 제출해서 소란을 만드는 역할이라기보다 하루를 버티기 위한 방패에 불과했다.

그 날 아침 10시, 나도 모르게 서랍을 열어 사표를 냈다.

다들 눈이 땡그래져서 갑자기 무슨 일이냐며 말을 더듬었다. 왜 하필 지금, 왜 하필 오늘 내냐는 말은 하지 않았다. 순식간에 상담을 했고, 원래 생각했던 일이라며 애써 말을 끊어냈다.

그 날은 우리 팀에 있어 올해 가장 중요한 최종보고가 있던 날이었다.

평소와 같이 출근을 했고, 최종보고회 준비를 위해 서류를 챙기고 있었다. 내 업무는 거기까지였다. 그러나 팀장님은 갑자기 원래 진행을 맡았던 선배 대신 나보고 사회를 맡으라고 하셨다. 하기 싫은 것은 둘째치고 R&R이 아니었고, 모르는 업무였고 내 공이 아닌 선배의 공인데 가볍게 넘기는 것도 싫었고 사실 두려운 점이 제일 컸다.

지금 사표를 내지 않으면 안 될 것 같았다. '혹시 오늘은 운 좋게 넘기게 되더라도 앞으로 이런 일들이 계속되겠지.'라는 불합리함과 당혹감은 나를 첫 번째 서랍으로 이끌었고 홀린 듯 내밀었다.

"사실은 저 못할 것 같아요."

"아니 왜 못해. 무슨 일이야."

"제가 할 일도 아니지만은 사후 관리가 안 될 것 같아요."

쓱- 사표를 냈다. 정말 가볍고도 어이없는 사표 제출과 수리가 이어졌다.

여러 상담이 있었지만 공부해서 약대로 편입해야 할 것 같다는 조악한 변명이 먹혔고 더 이상 크게 묻지 않았다.

드디어 사표를 낼 수 있었다. 아주 사소하고 별 일 아닌 하루에 더 이상 못 해 먹겠다는 마음이 더해져서 나는 이 회사를 나올 수 있었다. 그 동안은 아침마다 사직서를 쓰면서 버텼다.

매일 사직서를 고쳐 쓰면서 '아, 나 더 이상 못 참으면 이거 그냥 내버릴 거야.' 라는 생각을 하면 작고 약했던 나는 무적이 되었다. 힘든 일터를, 하루를 버틸 수 있었다. 그러나 그날은 참지 못했다. 그래서 내고 말았다. 한 달 전 계약한 따끈따끈한 전셋집을 뒤로하고, 회사를 나오게 되었다.

어린 친구들이 회사가 너무 괴로워서 자살했다는 뉴스를 간혹 보곤 한다. 아니, 30-40대 가장들도 안타까운 선택을 한 기사도 자주 접한다. 회사가 뭐길래.

행복하게 살기 위한 수단으로써 다니는 회사일 텐데, 주변의 읍박과 위계질서에 마음이 응축되는 나날들이 커지면 사표 쓰는 것보다 자기 자신이 스스로 사라지는 것이 더 쉬워지는 현실이 아이러니하다.

회사에 있는 동안에는 회사가 전부이기 때문에 아주 사소한 일도 굉장히 큰 일로 다가오고, 못해도 되는 일들을 자책하게 된다. 지금 보면 아무것도 아니었는데.

그 회사의 세계를 버리자. 나에게 맞는 세계는 따로 있다.

홧김에 쓰자. 어차피 아르바이트를 해도 지금보다는 행복할 수 있다. 그리고 나는 지금 행복하다. 너무 행복하고, 살아있고 나에게 맞는 회사를 찾은 것 같다.

사표가 수리되고, '회사 가기 싫어요', '죽고 싶을 때', '사라지고 싶어요'라는 최근 검색어를 삭제했다. 그리고 검색했다.

'맛있는 브런치카페'

지각인 듯 지각 아닌 지각 같은 나

"채은 씨, 요새 좀 늦는 것 같은데?"

대리님의 한마디에 멀리 앉아 있던 팀장님도 부스스 시계를 보시며 한 마디 곁들이신다.

"뭐야, 지각이야?"

"아니, 팀장님. 지금 7시 58분인데욧? 저 안 늦었는데요!!"

억울한 표정으로 항변하는 나를 보시며 팀장님은 장난 반, 진담 반으로 말씀하신다.

"근무규정 보면 10분 전에 출근해야 하는데 지금 몇 분 전이야, 지각이면 조용히 들어와야지. 심지어 우당탕 들어오네? 저기 손 들고 서 있어!"

아슬아슬하긴 해도 지각은 아니라고 생각했는데, 억울하기 그지없다. 그래도 내일은 일찍 와야지, 내심 다짐한다.

그리고 다음날.

그럴 리가 없다. 여전히 55분에서 59분 랠리를 이어간다.

'아니, 집에는 5시 땡 하고 못 가는데, 왜 출근은 10분 전이지', 하며 괜히 늦어 민망한 마음에 볼멘소리도 나오지만 다시 한번 내일은 빨리 와서 한 소리 안 들어야지 다짐한다.

그리고 드디어 아주 여유롭게 50분에 맞춰서 출근했다.

커피도 태우고, 화장실도 가고 잠시 사무실 밖에도 나갔다 들어오며 팀장님과 마주쳤다. 8시 정각. 지금 오셨나보다.

그런데 인사도 드리기 전에 팀장님께서 말씀하신다.

"너 지금 왔지!"

"아니, 이게 무슨 소리예요, 저 나갔다 왔어요! 저 오늘 엄청 일찍 왔는데? 제 모니터를 보세요, 이미 켜져 있어요."

이미 들을 생각이 없으셨던지 오늘은 자기가 늦었다며 봐주신다고 하시며 지나가신다. 나는 너무 억울해서 컵에 담겨 있는 커피까지 꺼내서 보여드린다. 정말 지각 아닌데, 다른 날들은 지각이라 쳐도, 오늘은 지각 아닌데!

때마침 지나가시던 상무님이 아웅다웅하는 팀장님과 나를 보며 결정타를 날린다.

"아니, 애가 지각 몇 번 할 수도 있지, 왜 기를 죽이고 그래~"

저, 정말 지각은 아니거든요.

59분에 온 날이 많았을 뿐, 지각은 아니라고 생각했는데 아니었나 보다. 나는 그냥 지각쟁이었나 보다.

사실 50분 전에 도착해도 사무실로 바로 들어가지는 않는다. 최대한 차에서 쉬다가 55분 정도에 들어가곤 한다. 일찍 가서 뭐하나 라는 생각도 들고 출근을 위한 마음의 준비시간이 필요하기 때문이다.

그래도 아침에 처리할 일 있을 때는 빨리 오기도 했고 아침 업무를 밀린 적은 없었는데 그래도 그냥 나는 지각쟁이였나 보다.

아닌데, 지각은 아니라고 생각했는데.

나의 출근 시간은 8시이다. 매일 아침 8시에 외부 메일을 보내야 하기에 출퇴근 유연제임에도 불구하고 예외 없이 8시이다.

해당 메일을 작성하는 것에 걸리는 시간 약 3분. 7시 57분까지 도착하면 임무 완수.

출근 시간은 차가 막히면 30분, 평소에는 20분 정도 걸린다. 따라서 나는 7시 30분에 문 밖을 나선다. 나도 알고 있다. 5분 일찍 나가면 10분 일찍 도착한다는 사실을.

그러나, 그것이 그렇게 쉽지 않다. 빨리 일어나면 빨리 일어나는 대로 머리를 한 번 더 빗거나 아침에 갑자기 청소를 하면서 시간을 매우 잘 맞춘다.

7시 30분에 문을 잠그고 차까지 걸어가 시동을 걸면 35분. 조금 늦은 감이 있다. 신호에 걸리지 않고 잘 가면 55분 도착, 조금 밀리면 58분 도착. 너무 아슬아슬한가?

그런데, 지각은 아니라고 생각했는데, 지각이었나 보다.

우리 신입 주임들은 사무실에서는 못 봐도 출근시간이 임박한 정문에서 다 같이 만난다.

걸어서 출근하는 주임들을 보는 재미도 있다. 7시 57분부터 정문에서 후다닥 한 마리의 각다귀처럼 뛰어 들어간다. 차를 끌고 오면 정문의 방지턱쯤은 무시하기 일쑤여서 어디 나사 하나 풀리지 않을까 걱정될 정도로 쿵덕쿵덕 잘도 지나간다.

우리 주임들은 58분까지 당당하다. 59분부터는 헐레벌떡 뛰어 들어간다. 8시 정각에 인사를 드리면 나름 세이브. 숨을 고른다.

주임들이 당황하는 시간은 7시 55분, 이미 오늘은 틀렸음을 직감할 때이다. 신호 하나 잘못 걸리면 끝이구나. 마구 엑셀을 밟아 간신히 8시에 들어오는 날도 있지만 정말 불가능할 것 같은 날은 다른 주임들에게 SOS를 친다.

"내 자리 세팅 좀"

가방을 밖에 두고 사원증은 미리 매고 살금살금 내 자리로 오면, 마치 내가 잠시 나갔다 온 것처럼 켜진 컴퓨터와 물이 담긴 컵과, 아무렇게나 뒤로 젖혀진 의자가 나를 맞이한다.

이렇게 돕고 사는 건가, 인류애가 느껴진다.

물론 아시겠지만, 8시 넘은 이 날만 진짜 지각 아닌가요?

저는 젊은 꼰머입니다

밀레니얼, 밀레니얼 하지만 보통의 나는 젊은 꼰머다. 아니 이제 30을 바라보니 젊다고 하기도 어려울 수 있다.

일단 나는 거의 대부분 까라면 깐다. 돈 벌려고 출근하는데, 납득이 되고 말고를 떠나서 일단 시키는 것은 대부분 하려고 한다. 전공과 안 맞으면 또 어떤가, 전공대로 사는 사람이 얼마나 된다고 업무를 가려 받을 것이며 사실 전공은 기본소양일 뿐 일하면서 알게 되는 것이 일인 것 같다.

야근도 크게 불만 가지지 않는 편이다. 사실 나보다 더 회사에 충실한 사람들도 많고 나도 내가 맡은 일을 다 못하면 집 가기가 불편해진다. 해야 하는 일이 있다면 남아서 처리하는 것이 내 역할이라고 생각한다. 내 일이니까.

요즘은 받은 만큼만 하라는 말들이 참 많다. 사원이면 사원만큼만, 주임이면 주임만큼만 하라고 한다. 그런데 나는 또 젊은 꼰대답게 이 말도 참 서글프다.

사원만큼만 하면 평생 사원을 못 벗어난다. 주임만큼만 하면 그냥 다른 사람들도 나를 주임 이상으로 보지 않을 것이다. 승진이 크게 중요하지 않다지만 동기들보다 현격히 뒤처지면 더 큰 스트레스를 받을 것이 분명하다.

맡은 바 일을 잘 해내야 하는 이유는 승진뿐만이 아니다. 잘 알면, 일터로 가는 길이 어렵거나 불편하지 않다. 내가 모를 때 가장 큰 스트레스를 받는 것이지, 알면 관성대로 해 내면 된다. 특히 하루에 가장 긴 시간을 일터에서 보내는데 그 시간이 즐거우면 하루가 즐거울 것이다. 잘하면 즐거워진다. 매일 월요일이 힘든 것이 아니고 월요일엔 이런저런 일을 끝내야지 하는 생각들이 자리하게 될 것이다.

처음 업무를 파악하고 부딪히는 위기만 잘 이겨낸다면 그 뒤는 오히려 쉬워진다.

1년 동안 내가 주도하지 않을 것이라 생각하고 서포트만 했던 월간 업무가 있었다. 잘 못해도 괜찮고 다시 수정해 주셨기 때문에 큰 고민도 하지 않았다. 하지만 매달 말일만 되면 그 일은 혼자 할 수 없다는 생각에 작아지고 스트레스를 받곤 했다. 그리고 어느 날, 내 일이 아니라는 생각으로 계속해서 실수하는 모습을 고쳐주고 싶으셨는지 갑자기 직접 결재까지 받으라고 하시며 사수 분이 자리를 뜨셨다.

사실 그동안 한 번도 업무를 제대로 생각했던 적이 없었다. 그저 주먹구구식으로 어떻게 그날만 넘겨냈는데 처음으로 스스로 해 보게 되었다.

세 번의 반려와 질책을 거친 상사의 컨펌과 결재를 받으며 진땀 가득한 하루를 보냈다. 그러나 그날 이후 한 달에 한번 제일 주눅 들었던 날이 아무렇지 않은 날로 변하게 되었다. 할 수 있었기 때문이다. 할 수 있었다. 이제 무섭지 않다. 눈 딱 감고 하루만 잘 배워 두면 두고두고 편하다. 머리를 쓰지 않으면 마음이 고생한다.

요즘은 워라밸을 넘어 워라인이라는(Work-Life Integration) 말이 쓰인다고 한다. 일과 삶의 경계가 없는 삶, 즉 내가 좋아하는 일을 업무로만 여기는 것이 아니고 삶을 살아가며, 일상 속에서 즐기며 해 낸다는 의미이다. 물론 그런 삶을 살 수 있으면 업무 스트레스도 덜 하고 즐겁게 몰입할 수 있으니 좋을 것 같지만 평범한 직장인이라면 불가능에 가까운 상황일 것이다. 나 역시 워라인은 어려울 것 같다. 그보다는 열심히 일을 해서 잘하게 되고 또 재미를 느끼게 되는 상승효과를 꿈꾼다. 가장 오래 있는 시간인 업무시간이 즐겁고 설레었으면 좋겠다.

계속 열심히 해 보자고 외치는 나는 어쩔 수 없는 젊은 꼰대 인 것 같다. 그렇지만 남들이 워라밸을 외칠 때 홀로 열심히 하면 또 다른 숨겨진 열매가 눈에 띌 것이라고 믿는다.

지금은 턴을 넘기는 중입니다

어린 시절 했던 PC게임 중 파이널 택티스라는 턴 제 게임(Turn Based Game)이 있었다. 적과 한 번씩 공격을 주고받을 수 있도록 턴(순서)이 정해져 있고 내 차례가 되면 딱 한 번의 공격이나 치료 같은 행동을 할 수 있다. 그래서 이런 턴 제 게임을 잘하기 위해서는 내가 죽지 않을 때까지 상대방을 맹렬히 공격하다가 필살의 일격을 당하기 전에 서둘러 지난 순서에 당했던 공격을 치료해야 한다.

그런데, 이런 게임에서도 무한정 공격/치료를 할 수는 없다. 공격과 치료를 하기 위해서는 에너지가 필요하고 이 에너지는 시간이 지나야지만 쌓이기 때문이다. 그래서 공격을 위한 에너지를 모으기 위해 소중한 공격 차례를 상대에게 넘겨주는 턴 넘기기라는 행동이 있다.

처음 턴을 넘겨야 할 때는 너무 아까웠다. 에너지만 남아 있었다면 마지막 공격으로 마침내 내가 이겼을 텐데, 내 순서를 넘김으로써 상대는 치료를 하고서 위기에서 벗어나기 때문이다. 그냥 내 행동 기회를 넘기게 되니까 내 턴이, 내 순서가, 내 기회가 너무 아쉬웠다.

그런데 이 파이널 택티스에서의 나만의 필승 전략은, 내 턴을 넘기면서 에너지를 잔뜩 모아두는 것이었다. 웅크려서 에너지를 쌓고 다음 기회를 노리며 가만히 기다렸다. 내가 죽지만 않으면 모아뒀던 에너지를 적시에 쓸 수 있었고 결국 이길 수 있었다.

살다 보면 인생에도 턴을 넘겨야만 하는 일들이 많다. 돈이 없어서, 시간이 없어서, 지식이 부족해서 그냥 넘겨야만 했던 기회들이 많다.

좋은 집을 사고 싶었지만 아직 돈이 부족해서 기회를 넘겨버렸을 때도, 더 좋은 성과를 내고 싶어서 학원에 가고 싶었지만 돈이 없어 독학해야 할 때도 있었다. 다이어트를 해야 했지만 야근의 연속으로 매일 저녁 짜장면을 먹었던 날들도 있었다. 목표를 이루기 위해 더 빠른 길이 있었지만 현실적인 한계로 더 긴 시간을 수고롭게 만들었던 날들이 많았다.

조금 더 빨리 알았다면 좋았을 걸, 후회는 늦었고 지금 당장 스스로 할 수 있는 것이 없다. 그렇게 무기력이 휘감겨 올라올 때 나는 파이널 택틱스를 생각한다.

'지금은 턴을 넘기는 차례야. 기다리고 에너지를 모을 때야.'

사는 것도 마찬가지이다. 지금 이 순간 가장 중요한 것들을 이뤄내고 싶어도 무한정 시간이 있지 않다. 정보도 부족하고 돈도 마찬가지다. 가만히 현실을 숨죽이며 살아가며 감내해야만 하는, 그냥 해야만 하는 순간들이 존재한다. 그런데 절대 잊으면 안 되는 것은 그 순간들은 멈춰져 있지 않다는 단 한 가지의 사실이다. 지금 잠시 망설이며 현실에 서 있는 이 순간은 결국 에너지를 채우는 시간들이다.

내 에너지가 다 채워지고 비로소 행동할 수 있을 때, 적을 맹렬히 물리칠 수 있게 된다. 버티고 죽지 말고 기다리자. 에너지는 시간이 지나면 결국 채워진다. 지금은 잠깐 턴을 넘기는 차례이다.

지금 상황에서 스스로 해 낼 수 있는 것이 없다는 무기력함 속에서 시간을 버텨내고 있다면, 더 나아지고 싶지만 어제의 나와 같은 쳇바퀴를 돌아야 하는 순간 속에 있다면, 그냥 해야만 하는 상황에 둘러 쌓여 있다면, 우리는 지금은 턴을 넘기는 중인 것이다.

나는 잘 인내했고 맹렬히 공격했고 가끔 치료도 했고 비로소 파이널 택틱스에서 악당 대장도 물리쳐 냈다. 우리는 결국 이번 스테이지도 잘 견뎠다가 또 물리쳐 낼 것이다. 지금은 잠시, 턴을 넘기는 중일뿐이다.

뉴비지만(newbie) 괜찮아

뉴비(newbie): 새로 온 사람, ... 초보자들을 뜻하는 New Visitor의 약자이다.
그리고 우리 모두는 누군가의, 어디선가의 뉴비이기도 하다.

"선배님, 이 내용, 이렇게 처리해도 되나요?"

"이거 작년에 했던 내용 있는데 일단 문서 보고 따라 해 봐. 그래도 모르면 알려줄게."

"선배님, 이런 문의 왔는데 어떻게 해야 하는지 모르겠어요…"

"일단 전화 넘겨봐. 한 번 들어보고 결정하자."

좌충우돌 회사생활의 한 줄기 빛인 선배님들은 내가 어떤 질문을 해도 여유롭고 대범하셨다. 너무 쿨하고 멋지지 않은가.

앗, 팀장님이 부르기 전까지 말이다.

팀장님의 질문 폭격이 쏟아질 때면 그 여유로우신 선배님들도 침을 꼴딱 삼킨다. 잘못한 것이 아닌데도 바짝 긴장을 한다. 그리고 문제가 있으면 해결사 팀장님이 한마디 하신다.

"그래, 이건 내 선에서 처리할게."

선배님이 한 줄기 빛이었다면, 팀장님의 등 뒤에는 후광이 비친다. 모든 팀의 일들을 재빠르고 권위 있게 처리하신다. 역시나 전무님의 질문 문자와 지시사항이 있기 전까지 말이다.

나만 긴장하고 허둥대는 줄 알았는데 누구나 다 똑같구나.

중고등학생 시절에는 한 학년 높은 언니 오빠들이 무서웠고 대학생 때도 학생회 선배들은 다 아는 것만 같았다. 어떻게 교수님께 과제를 제출해야 하는지, 술을 어떻게 먹는지, 인사는 또 어떤지 등등을 배웠다.

그리고 갓 신입사원이 되고 나서는 3개월 먼저 들어온 분들도 대단히 익숙해 보이고 그들을 따라 전화받는 법, 언제 퇴근해도 되는지, 회식자리 대처법 등등을 배웠다.

3개월 선배였지만 내 눈에는 3천 년 선배로 느껴질 만큼 든든했다.

뭘 모르는지조차 몰라서 절절 맬 때 그들은 다 아는 것만 같았고 허둥대는 것은 여기서 나 혼자인 줄로만 알았다.

그리고 지금의 나는 사회생활을 시작한 지 약 3년쯤 지났지만 여전히 스스로 잘 모른다고 생각하고 있었다.

그런데 아니다!

나는 이제 모르는 게 아니었다. 아니, 나만 모르는 게 아니었다. 같은 문제에 직면한 다른 사람들도 모르는 상황인 것은 피차일반이었다.

일상적으로 경험을 통해서 숙련도를 쌓는 일들은 길게 2년이면 매우 익숙해진다. 루틴 한 일은 시간이 흐르면 자연스럽게 해 낼 수 있다. 그런 숙련도와 감각은 시간이 지나야만 알 수 있는 절대적인 경험이다.

선배들은 내가 경험하지 못한 새로운 세계에 먼저 발을 들였고, 나보다 먼저 경험들을 쌓아 올렸기 때문에 문제해결에 능숙한 것은 사실이다.

하지만 나이가 주는 권위에 속지 말자.

5년 먼저 입사했다고 5년만큼 더 지혜롭진 않다. 사회생활 10년 차 선배라고 해서 나보다 10년 치를 더 알고 있지는 않다. 초년생이라고 해서 너무 위축될 필요가 없다는 의미이다.

나만 모르는 것이 아니다. 일정 적응기간이 지났다면 나와 선배들의 기본지식은 비슷할수 있다. 익숙해졌다면 또 배우고 익히고 체득해야 한다. 나이는 그 사람의 모든 것을 대변하지 못한다. 나이를 먹는 것이 그 사람의 현명함과 지혜로움을 나타내지는 않는다.

얼마 전까지만 해도, 늘 내 결정과 내 판단이 미숙한 것만 같았다. 자신이 없었고 선배들의 OK사인이 떨어져야만 내가 제대로 가고 있다는 안심을 했다. 그러나 이제는 안다. 우리는 별반 다르지 않고, 내가 모를 때 그들도 모른다는 것을.

다만 차이가 있다면 나는 모른다고 구조를 요청했고 그들은 모르니까 알아내기 위해 직접 답을 구하러 움직인 것이었다.

쫄지 말자.

세월을 보내는 사람은 세월을 살아가는 사람을 이길 수 없다. 같은 시간을 보내고도 어떤 사람은 그저 흘러가게 내버려 두고 어떤 사람들은 꽉꽉 채워서 경험을 만들어간다.

사회생활 10년 차 선배라고 해서 10년 치를 더 알고 있지는 않는다.

사실, 나도 알 만큼 다 알고 있다. 다른 사람들이 내 상황이 되었더라도 처음 직면하는 문제일 것이다. 모르는 것은 별반 다르지 않다. 여기서 직접 답을 구할 것인지 구조를 요청할 것인지는 오롯이 내 역량이다.

나이와 세월이 모든 것을 대변하지 않고, 그들도 사람인데 내가 모르면 그들도 모른다. 다 같이 등 뒤에 식은땀이 흐르고 있을 것이다.

초년생이라고 아무것도 모르는 것이 아니다. 스스로의 판단에 주눅 들고 확신이 사라질 때 큰 숨 들이쉬고 마음에 새겨보자.

'아는 것은 똑같고 나보다 더 잘하고 싶은 사람은 없다.'

그래도 여전히 나만 모르는 것 같은 기분이 들 때는, 팀장님의 부름에 당황하는 선배들의 모습을 다시 한번 떠올려 보자.

첫 출근,
그 떨리는 아침

누구나 처음은 있다. 그리고 누구나 불안하다.

오늘 첫 출근을 하게 되었다면 너무너무 설레면서 또 겁이 날 것이다. 그리고 불안함과 오늘 하루를 상상하느라 어젯밤 늦게까지 잠들지 못했다면 그게 바로 정상이다. 오늘이 떨렸다는 것은 충분히 잘 해낼 수 있다는 증거이니까 떨린다면 잘하고 있는 거다.

오늘 어떻게 인사를 할지, 무슨 옷을 입고 갈지 우리 팀에는 어떤 사람들이 있을지, 첫날에는 어떤 일들을 하게 될지 등등 경험해 본 적 없는 하루를 고민했을 것이다.

딱 그렇게 고민할 시간이었고 잘 해냈다. 불안해서 떨리는 감정은 알고 보면 설레어서 떨리는 감정이기도 하다. 잘할 거니까, 그만큼 고민했다면 실수하지 않을 테니까 떨림을 받아들이자.

이 떨림은 내가 잘 해왔고 오늘을 위해 준비된 사람이라는 증거이다.

처음은 누구나 서툴다. 그리고 서툴지만 열심히 하려는 모습, 쭈뼛대지만 인사하려고 노력하는 모습, 잘 못 알아들었을 때 다시 한번 물어보는 모습들은 다 예쁘기 그지없다.

그렇게 해도 된다. 내가 회사에서의 보통사람이 되기 위해 고민했을 테니 다른 사람들 눈에는 신입다운 신입으로 보일 것이다.

몇 년 전 미용실에 갔을 때, 신입 미용사님이 내 머리를 손질해 주었다. 그리고 뭐라 뭐라 웅얼거렸다.

"... 해 드릴게요."

나는 알아듣지 못하였다.

"네? " 하며 되물으니, 뒤편에 서 계셨던 경험 많은 미용사님이 말씀하셨다.

"'예쁘게 해 드릴게요.'라고 하네요." 라고 일러주시며

"더 크게 말했어야지." 하며 신입 미용사님에게 다정히 말씀하셨다.

얼마나 마음이 예쁜가? 처음 손님에게 말 거는 것은 당연히 어렵다. 누구에게나 어려운 것이 당연하다. 그럼에도 불구하고 한 번 먼저 해 보는 그 모습이 너무 예뻐 보였다.

누구나 쭈뼜쭈뼛한다. 지금은 딱 그럴 시기다. 오히려 너무 용감하면 저 신입은 정체가 뭘까하며 의아하게 된다. 그러니 걱정하지 말라. 오늘이 떨렸다는 것은 충분히 잘 해낼 수 있다는 증거이니까.

오늘의 첫 출근을 응원한다. 한 가지 꿀팁은, 전화를 어떻게 당겨 받는지 물어보면 좋을 것이다. 막내로서 내가 우리 팀 전화는 대부분 당겨 받게 될 테니까 전화 포비아들은 첫날 전화 공포증을 깨는 것이 좋다. 아무것도 모르는 첫 날에 흘린 진땀은 나머지 365일은 편하게 다닐 수 있게 도와줄 것이다!

오늘의 첫 출근은 평화로울 것이다. 눈을 감았다 뜨면 혼란스러운 하루가 지나갈 것이다. 생각보다 불편한 자리가 아니라는 것을 깨달았을 때는 오후 6시의 퇴근 시간일 것이다. 막상 도착해서는 사람들과 무난히 보내고 또 점심시간에 살짝 휴식도 하고 어쩐지 후루룩 시간이 갔을 것이다. 내 안에는 모든 것들이 잘 풀리는 에너지가 있다.

오늘은 내가 원하는 대로 흘러가는 하루이다.

오늘은 생각보다 괜찮은 첫 출근 날이다.

웅얼웅얼, 처음엔 다 그렇지 뭐
(아찔한 처음을 이겨내는 법)

갓 대학생이 되고 모든 것을 혼자 시작하고 감내해야 하던 아찔한 처음이 있었다. 감을 잡을 수 없던 중간고사와 ppt의 향연에 나는 그만 까무러칠 뻔했고 사회는 무섭구나. 이렇게 가르쳐 주지 않은 것들도 당연히 해야 하는 거구나 깨닫게 되었다.

그 중에서도 경영 수업은 정말 무서웠다. 대학교 1학년 첫 중간 과제부터 발표를 했어야 했다. 교수님께서는 ppt 발표가 필수가 아니라고 하셨기에 순진 무식한 신입생이었던 나는 레포트 제출하듯 한글 프로그램에 줄 글을 쫙 써 내려간 것을 그대로 읽었다. 많은 사람들 앞에서 나는 그렇게 보고서를 읽어내려갔다.

바로 다음 발표자는 ppt를 동영상처럼 제작하고서는 물 흐르듯이 ppt와 대화를 했다. 어쩜 타이밍 맞게 자동으로 ppt는 잘 넘어가는지, 마치 스티브잡스의 환생 같았다. 그 순간만큼은 개강 총회에서 관심받고 싶어서 춤을 추며 FM을 외쳤던 그 사건만큼이나 치욕스러웠다.

가만히 있는 것이 제일 어렵지만 '수치사'하고 싶지 않으면 역시나 가만히 있어야 한다는 인생의 교훈을 너무 빨리 얻었기 때문일까? 그렇게 신입생은 사회의 시간표에 적응해 나가고 있었다.

그리고 여름방학, 2학기… 가장 많은 심장 떨림과 부적응을 유발했던 것은 역시 사람이었다. 학창 시절 내내 여자 친구들과 안정적인 관계만 이어오던 내게 남녀공학은 너무 어려운 문제였다. 사람의 인연이 친구에 기반하지 않을 수 있다는 사실. 그리고 남자 친구, 여자 친구가 아니면 친구관계도 사라진다는 사실. 이 두 가지의 현실을 받아들이기가 힘들었기에 쉽게 다가오고 다시 쉽게 지나치는 사람들을 겪을 때마다 혼란스러웠다. 몇 번의 친구를 잃고, 또 몇 번의 연애를 하고 나니 내가 쏟아부은 애정에 비례하지 않는 상대의 애정과 상실감을 받아들일 수 있게 되었다.

선택의 결과에 책임을 지고 사회와 상호작용하는 처음은 누구나 혼란스럽고 아찔할 것이다. 그 처음을 어떻게 견디고 버텼는지 돌이켜보면 그저 20살의 패기와 순수함, 그리고 근거 없는 희망이었을 것이다.

그러나 희망으로는 회복되지 않는 큰 절망들이 있기 마련이다. 손과 발이 떨리고 인생이 망한 것 같을 때, 심지어 식욕이 사라졌던 어느 날 황경민 님의 '너의 우울이 길다'[1]란 제목의 글귀를 만났다.

너의 우울이 길다
후회가, 체험이,
무기력이 너무 길다

1 황경민, 《너의 우울이 길다》, 글상걸상, 2017.

보아라!

큰 바람이 불었고,

세계는 그대로가 아니냐?

니 안에서 부는 바람에

너는 너무 오래 흔들린다.

맞다. 인생 망한 선택인 줄 알았는데 나를 반추하면

돈을 잃었나? 아니.

그럼 건강을 잃었나? 아니.

내 발이 땅에 붙어있나? 응.

나, 지금 어제랑 같은 나 맞냐? 응.

나는 달라진 게 없었다. 나는 그대로 여기 있고 나는 망한 게 없고 잘못된 것은 없었다, 그냥 나는 나로서 여기 있는데 문제가 될 게 없었다. 그저 내 안에서 부는 바람일 뿐이었다. 오늘 돌아가면 잠 잘 곳이 있고 내일 아침 따뜻한 밥을 먹을 수 있고, 엄마를 보러 본가로 지금 당장 갈 수도 있었다.

내 선택과 내 불안은 그냥 지금 잠시의 소란이었을 뿐이다. 내 마음속의 소란. 선택의 결과가 무섭고 처음 겪는 일이라 불안할 때 늘 나에게 질문을 던진다.

나 지금 뭐 그래서 달라진 거 있냐?

지각이 아니라 훈련하는 중입니다

달리는 사람이 되고 나서 가장 뿌듯했던 순간이 있다면 바로 지각을 목전에 둔 출근길이라고 할 수 있다. 그 날은 정말 내가 늦게 일어난 날이 아니었다. 오히려 회사동기들끼리 모임약속이 있는 날이라 검은 맨투맨에 청바지로 옷도 맞춰 입는 등 신입사원 기합으로 출근준비를 진작 끝마친 날이었다. 다만 그날따라 카풀해 주는 선배님이 휴가를 가셨기 때문에 동기들과 함께 택시를 타고 출근하기로 했었고 또 하필이면 택시가 안 잡혔을 뿐이었다.

간신히 잡아탄 택시는 55분이 되어서야 회사 앞 길목에 도착했고 그 순간 신호등에 빨간 불이 켜졌다. 즉시 내려서 달려가야만 정시에 도착할 것 같다는 생각이 든 순간, 우리 지각쟁이 동기들과 눈이 마주쳤다.

"이거, 뛰어야 하지?"

이미 조수석에 앉은 동기는 결제를 하고 있었고, 우리는 벌컥 문을 열고 뛰기 시작했다.

단 5분의 출근길 레이스. 똑같은 검은 티에 청바지를 입은 지각쟁이 세 명이 누가 먼저랄 것도 없이 회사로 뛰어들었다. 정문까지 2분, 계단길 1분, 그리고 사무실 건물까지 2분. 가능 할 것 같았다. 그런데 마음이 급해서 그런가, 처음부터 오버페이스를 한 것 같았다. 1km 페이스로 따지자면 4:30(4분 30초)이 아니었을까? 정문에 도착하기도 전에 이미 거센 숨과 느려진 발걸음이 느껴진다.

호흡을 고치며 마음도 고쳐먹었다. 이건 지각 길이 아니라 훈련하는 거라고! "괜찮아. 할 수 있어"라고 말하며 동기들을 격려했다.

"얘들아, 안 쉬고 끝까지 달리면 늦지 않게 도착할 수 있어. 대신 천천히 뛰어야 해!".

동기들 앞에 서서 훈련 같은 출근길을 리드하기 시작했다. 2분 동안 정문을 지나 어느덧 계단 앞에 도착했다.

"계단은 발을 종종거리면서 보폭을 짧게 둬야 해! 성큼성큼 올라가면 다리 아파서 못 올라가!"

체력을 아껴야 올라갈 수 있는 계단에서는 그 동안 혼자 달리며 익혔던 오르막길 훈련법을 적용하였다.

회사 본관에서 사무실 건물까지는 얼마 남지 않았지만, 계단을 오르면서 이미 허벅지가 후들후들 떨렸다. 계단 끝 평지부터는 1분간 숨을 고르고 다리도 풀어주며 천천히 뛰었다. 나머지 1분은 늘 그렇듯 전력 질주를 해야 하기 때문이다. 그리고 59분.

"지금이야, 이제 전속력으로 달려! 뒤 돌아보지 말고 알아서 각자 들어가!"

각자의 팀으로 달려간 우리는 다행히 힘겹지만 평온한 아침을 맞이할 수 있었다. 달리는 사람이어서 참 다행인 아침이었다. 러너로서 오늘의 출근길은 지각이 아니라 그냥 짧게 훈련하는 날이었을 뿐이었다.

점심시간에 선배님들이 말씀해 주시길, 똑같은 옷 입은 세 명이 이슬비 속을 내리 달리는데, 쉬지도 않고 참 잘 달리더라 하며 감탄했었더라고 하셨다. 우리는 또 지각은 안 했다고, 쉬지 않고 전략적으로 천천히 뛰었기 때문에 무사히 출근했다고 대답해 드릴 수 있었다. 종종거리는 오르막길 달리기 주법이 계단에도 적용되어서 참 다행이었다. 다만 너무 격한 아침 훈련 때문인지 아니면 세 쌍둥이처럼 달리는 모습을 많은 사람들이 구경했기 때문인지 한 동기가 충격을 크게 받은 모양이었다. 다음 날 그녀는 바로 차를 구입했고 반짝반짝 빛나는 새 차 덕분에 출근길 훈련은 더 이상 할 필요가 없어져버렸다.

오늘도
평범한 하루를 보내셨나요?

적당한 키에 평범한 얼굴, 그리고 적당한 학교를 졸업하고 적당하지만 알 것 같은 회사에 취업하는 것. 그리고 너무 애쓰지도 대충 하지도 않으면서 회사생활을 하고 주말에는 여가를 즐기는 삶. 가능할까?

오늘도 평소처럼 일어나서 아침 대충 때우고, 출근해서 늘 하던 일들을 처리하고 동료들과 점심 먹고 또 부지런히 업무하고 퇴근해서 따뜻한 밥과 귤 하나 까먹고 TV 보면서 스르르 잠드는 그런 일상.

너무 평범한 일상.

그런데 '평범하다'라는 말은 '비범하게 노력했다'는 말과 같았다.

적당한 키부터 어려울 수도 있고, 평범한 얼굴을 유지하기 위해 미용실, 피부과, 여러 옷들에 엄청난 투자를 할 수도 있다. 적당한 학교는 사실 입시를 몰랐을 때나 할 수 있는 말이었다. 모두가 죽자 사자 수능 공부를 하는데, 적당히 남들만큼만 해서는 보통의 학교는 들어갈 수 없었다. 취업은 더 가혹하다. 수능점수라는 객관적 지표라도 있을 때는 수긍이 가기라도 했다. 말도 안 되는 인성에서 탈락하거나, 역대급 면접이라고 생각했지만 '귀하의 재능은 우수하나, 우리 회사와는…'로 시작하는 메일을 받기도 하니 말이다.

막상 입사를 해서는 어떤가. 워라밸, 워라밸 하는 소리에 그저 무난히만 하면 될 줄 알았는데 무난히는 없었다. 사수 한 마디 놓칠세라 광속 메모를 하고 지나가는 말로 시키신 자료조사를 야근까지 해 가며 완성시키는 모습만 있을 뿐.

적당히는 없었다. 알아야 적당히가 되고 알아야 집에 가는 타이밍도 알 수 있다는 것을 그때는 몰랐다.

그저 평범하게 살고 싶을 뿐이었는데 평범히 살기 위해서는 부단히도 많은 노력이 필요했다.

모나지 않은 모습이지만 청결함을 유지하려 노력한다. 철마다 미용실에 가서 뿌리 염색을 해 주고, 옷에 욕심은 없지만 계절별로 지난 옷은 버리고, 새 옷으로 바꾸기 위해 열심히 공부한다. 쇼핑은 너무 힘든 일이지만 매년 같은 옷만 입을 수도 없는 일이기에 귀찮은 몸 이끌고 옷을 사러 간다.

신발도 때가 너무 많이 타서 오래된 티가 날까 같은 브랜드의 같은 스타일로 재구매한다.

그저 모나지 않은 모습을 유지하기 위해 적당한 내 모습을 위해 많은 품이 들어간다.

살림도 마찬가지다. '원룸 살림이 뭐가 어렵겠어?'라고 생각하기 쉽지만 원룸에도 부엌이 있고 싱크대가 있고 화장실이 있다. 일주일에 한 번씩 화장실 청소를 해 주지 않으면 물때가 끼고 밥을 잘 안 해 먹더라도 수챗구멍은 자주 청소해 줘야 한다. 수건과 옷을 같이 빨면 보풀이 생기기 때문에 흰 옷, 검은 옷, 수건 모두 따로 빨아준다. 자면서 땀을 곧잘 흘리기에 이불 빨래도 추가된다. 인테리어나 공간 재배치 등 오늘의 집에서 본 것 같은 예쁜 집은 아니지만, 그럴 인테리어 정보들을 공부할 만큼의 정성은 없는 그저 원룸이지만 평범하게 깔끔히 유지하려는 것에는 품이 많이 든다.

일 역시 그렇다. 그냥 아르바이트와 직장생활은 달랐다. 시간이 빨리 가길 바라며 시키는 것만 했던 생애 첫 아르바이트는 한 달도 채우지 못하고 도망을 쳤다. 밥 시간을 안 지켜 줘서였다. 그러나 이제는 평범한 직장생활을 위해 시키지 않아도 내가 해야 할 몫을 잘 알고 있다. 너무 잘 알고 있어서 주말까지 신경을 쓰고 혹시 일 처리가 잘 못 되지는 않았는지에 대한 고민이 머릿속을 맴돌기도 한다. 그저 평범한 직장생활을 하고 싶었는데 평범이란 없었다. 다들 회사라는 커뮤니티 속에서 자기 위치를 지키기 위해 부단히 노력하는 것이었고 때문에 평범하기 위해서는 다른 사람들만큼이나 애써야 했다.

지난 일요일, 손톱을 깎고 설거지를 끝마치는 동안에도 머릿속을 떠나지 않는 회사일 때문에 갑자기 주말이 너무 아까웠다. 행복하게 보내고 싶어서 기다린 일요일이었다. 생각을 멈추기 위해 쓸데없는 유튜브 영상을 계속 틀었고 영화 리뷰

들을 몇 개 보니 어느새 밤이었다. 이불을 훅 뒤집어쓰고 잠이 들었고 또 그렇게 출근을 하는 길, 월요일 아침.

드드드드-득!

빙판길에 차가 미끄러져 하마타면 사고가 날 뻔했다. 1차선, 3차선을 모두 침범했지만 천운으로 양 옆의 차가 간발의 차로 멈추거나 지나쳐 주었다.

출근하는 동안에도 무거웠던 마음이 목숨의 위협을 받자마자 모두 다 사 라 져 버 렸 다.

야, 살아있어서 다행이다.

평범한 삶을 살고자 노력했는데 살아야만 가능한 거였다. 끙끙 앓을 필요 없었다. 다 그렇게 산다. 괴롭고 힘든 건 내 마음일 뿐.

지금 내가 살아 있고 땅에 발 디디고 있으니 그거면 되었다.

지금 평범하게 오늘을 보내고 또 이 글을 읽는 우리들이 참 대견하고 자랑스럽다.

쉬운 일이 아니다. 그럼에도 불구하고 여기 이렇게 존재하고 있으니 참 고생 많았다. 평범한 하루를 만들기 위해 그동안 애써왔던 우리들아, 이제껏 잘해 왔다. 너무 불안해하지 말자. 지금 우리의 모습은 최선을 다 해 하루하루를 지내온 정말 자랑스러운 순간이야. 그렇게 사는 거고 조금 더 스스로를 칭찬하고 다독여주자. 나 말고는 모두 알아버린 나의 대단함을 혼자만 꽁꽁 싸매고 있었더라.

그저 평범하다고? 오늘도 평범한 하루를 보냈다고?

그게 바로 우리가 대단히 위대한 이유이다.

인생도
하뛰하쉬

혹시 하뛰하쉬라는 말을 아시나요?

하뛰하쉬는 하루 뛰고 하루 쉰다는 달리기 용어이다.

일반적으로 생각할 때, 잘 달리고 싶으면 매일 30분 이상 꾸준히 뛰어야만 할 것 같은데 도대체 왜 하루 뛰고 하루 쉬라니 이상하지 않은가?

사실 우리 몸은 매일 뛰고 휴식을 취하지 않으면 자기도 모르게 피로가 누적되고 있다고 한다. 오늘 열심히 뛰면 내일은 몸이 조금 무거워지고, 또 그 다음날도 뛰면 종아리든 허벅지든 어딘가는 근육통이 오기도 한다. 심한 경우 발바닥의 족저근막염으로 꽤 오랫동안 뛰지 못하는 경우도 생긴다.

잘 달리고 싶어서 매일 오랫동안 달리려다가 한 달 이상을 못 뛰게 되면 오히려 그 전 만도 못한 몸 상태가 되는 것이다. 그래서 기록 내고 싶은 전날은 무조건 쉬어주고 그 주의 달리기 연습은 약하고 가볍게 한다.

뛰다 보면 주변에서 부상 때문에 쉬게 되었다는 얘기를 종종 듣는다. 잘 뛰고 싶을수록 쉽게 부상당하는 것이 달리기인 것 같다. 준비 없이 더 많이 더 빨리 뛰다가는 근육통은 기본이고 무릎이, 골반이, 발바닥이, 발톱이 아려온다. 잠시 아프고 말면 다행이지만 그 후에도 통증이 지속되는 사람들도 있다.

반면 나는 꽤 오래전부터 뛰어왔지만 큰 부상은 없었다. 즐거울 만큼만, 아쉬울 만큼만 뛰었기 때문이다. 주변에서는 나더러 달리기에 욕심을 좀 냈으면 좋겠다고 하셨다. 나는 더 자주, 더 빠르게 뛸 자신이 없었다. 그럴 수 있다고 생각하지도 않았다. 적당히 뛰었기 때문인지 수 년이 지금 돌이켜 보면, 부상 때문에 달리기를 쉰 적은 없다. 아직도 원한다면 원하는 만큼 뛸 수 있는 건강한 몸임에 감사한다.

최근에는 달리기 실력을 높이고 싶어서 달리기훈련에 참가하였다. 즐겁게 뛰는 것도 좋지만 잘 뛰는 것은 또 다른 기쁨이라는 얘기를 드디어 인정하게 되었기 때문이다. 첫 수업 날, '우리는 일주일에 세 번만 뛸 수 있다.'라는 얘기를 들었다.

월요일은 50분동안 뛸 수 있는 가벼운 러닝 리듬 만들기, 수요일은 속도를 높일 수 있는 30분 집중 러닝, 그리고 이틀 쉬고 일요일은 10KM실전 러닝.

쉬는 날 없이 뛰면 한 마디 들었다. 잘 뛰고 싶으면 잘 쉬어 주어야 한다고 말이다.

인생도 비슷한 것 같다.

나는 무엇을 끝까지 좋아하는 법이 없다. 영화도 집에서 보면 끝까지 보지 못하고 게임도 오래하지 못한다. 새로운 고양이 키우기 게임을 하고 싶을 때가 있긴 하다. 그런 날은 하루 날을 잡고 밥도 대충 먹으며 고양이를 키운다. 이틀째도 고양이에게 밥을 주고 간식을 마련해준다. 밤을 지새우며 고양이 집을 꾸며주고 난 삼 일째 아침이 멀지 않은 새벽, 게임아이디를 삭제한다. 할 만큼 했기 때문이다. 계정을 살려서 다시 고양이를 키우려면 처음부터 다시 최초의 아기고양이 한 마리부터 시작해야 한다. 그 과정은 차라리 안 하면 안 했지 반복하고 싶지 않은 일이 되어버리고 만다.

만화를 하루 종일 보고 싶을 때도 있다. 그런 날도 마찬가지로 캐쉬를 만원씩 긁고 만화만 본다. 머리가 띵 해질 때까지 누워서 스마트폰만 들여다본다. 삼일 째 되는 날, 대충 완결을 알 것 같다 싶으면 마지막화를 본다. 마지막으로 네이버에 검색해서 결말을 찾아보고 나면 이제 그 만화를 다시 보고 싶어 지지 않는다.

너무 한 순간에 몰입했기 때문에 빨리 결과를 내고 싶어서 애쓰고 노력했다. 그래서 그 삼 일간은 밥도 거르고 잘 씻지도 않고 외부와 단절한 뒤 하얗게 불태워 버린다. 그 뒤는 없다. 궁금하지도 않다.

반대로 어떤 일의 더 큰 성취를 위해서는 한 번 푹 빠지는 것이 아니라 일상과 연결하여 꾸준히삶 속에 녹여내야 한다. 그리고 무엇인가를 꾸준히 하기 위해서는 힘들 때까지 하면 안 된다. 아쉬울 만큼만 딱 하고 그만 멈춰버려야 한다.

두 번째 취업 준비가 그랬다. 고민과 걱정과 불안이 한데 뒤섞인 첫 취업준비 때와 달리, 퇴사 후 다시 준비하게 된 두 번째 취준 시절은 나쁘지 않았다. 아니 하루 24시간을 애쓰지 않았다. 나와 잘 맞는 회사에 들어가게 되겠지, 하며 정해진 공부시간 이외에는 운동도 하고 나를 위한 시간을 보냈다. 오늘 인적성을 한 권 더 풀고 싶어도 풀지 않았다. 풀어둔 문제를 다시 보았다. 자소서도 억지로 쓰지 않았다.

매일 조금의 쉼을 가지고 취업준비를 했더니 스트레스가 덜 했다. 결과적으로 꾸준히 더 많이, 다양하게 준비를 할 수 있었고 지금의 회사에 들어올 수 있었다.

더 잘 뛰고 싶다면 더 잘 쉬어줘라.
더 잘 알고 싶다면 적당히 공부해라.
더 잘 지내고 싶다면 적당히 거리를 둬라.
더 나아지고 싶다면 아쉬울 만큼만 노력해라.

꾸준하게 지속한다면 잠시 열정적이었던 지나가는 사람들보다 더 큰 성취를 얻을 수 있을 것이다. 물론 꾸준히 열정적이면 제일 좋겠지만 시간도 돈도 마음도 유지되기가 힘든 것이 현실이기 때문에 끝까지 지속할 수 있도록 하뛰하쉬하자.

앞에 언급했던 달리기 훈련도 잘 달리고 또 잘 쉬어주었다. 그리고 내 인생 최고 기록을(10km, 55분 28초) 달성하게 되었다.

역시 인생도 달리기도 하뛰하쉬 인가보다.

러닝크루 不적응기

러닝크루, 그거 인싸들만 하는 것 같은데?

네, 그래서 저는 여전히 고독한 혼러너입니다.

본격적으로 달리기를 하겠다고 결심하고 난 뒤 러닝크루에 참여해보려고 했다. 다 같이 모여서 뛰면 정기적으로 운동할 수 있겠지? 더 재미있게 뛸 수 있겠지? 하는 들뜬 생각을 가지고 지역 내 러닝크루를 찾아보았다. 네이버에, 카카오톡에, 인스타에 검색해 보고 '이런 모임들이 있구나'하며 공부하였다. 그러나 작고 소심한 나로서는 낯선 사람들을 만나는 것이 있을 수 없는 일이었기에 일주일이 넘도록 어디 하나 연락하지 못했다. 생전 알지 못하던 사람들과 어떻게 연락하고 또 어떻게 만날 수 있는지 이해가 안 됐다.

또 일주일이 지났다. 여전히 달리기 모임에 참여하고 싶다고 메시지를 보내지 못했다. 그래도 누군가와 함께 달려보고 싶었고 에너지를 얻어보고 싶었다. 같이 뛴다면, 혼자 뛰는 것보다는 훨씬 역동적이고 운동하는 사람들의 긍정과 열정을 나눌 수 있을 것 같았다. 그래서 뛸 때 보다 더 쿵쾅거리는 심장을 부여잡고 모임장님께 연락드렸다.

그 뒤는 너무 쉬웠다. 어떤 모임이든 신규회원을 환영하기 때문인지 일단 나오라고 언제든지 나와도 좋다고 하셨고, 나는 또 고민고민하다가 그 다음주의 정기 모임에 참여하게 되었다. 그것도 나가려니 두려워져서 온갖 핑계를 앓으려는 나를 몇 번이고 불러내는 모임장님의 권유에 못 이겨서 말이다.

매번 혼자 뛰다 보니 내가 얼마나 뛰는지, 남들과 함께 달릴 수 있는 속도인지도 몰랐다. 그냥 일주일에 한 번 달리고 싶은 사람일 뿐이었다. 그러나 운동장에 도착하자마자, 다른 신입회원 한 분과 일단 뛰어보라는 얘기를 들었다.

맙소사, 학창 시절에 계주 선발을 위한 전체 달리기에서조차 너무 떨려서 제대로 못 뛰었던 사람이나였다! 나뿐만이 아니라 나와 같이 뛰어야 했던 친구들 모두 출발 총소리가 들리기 전까지 덜덜 떨면서 '우리 걷자! 잘 뛰어서 뭐해' 라며 서로의 창피한 달리기 실력에 동질감을 얻었다.

일단 뛰어보라는 그 소리부터 잘못되었다는 것을 알았어야 했다. 일단 나와 같이 처음 뛴 그 신입 분은 알고 봤더니 천안에서 5KM 대회에서 상도 탄 사람이라고 했다. 그런 사람을 따라잡으려고 운동장 두 바퀴를 돌다가 입에서 쇠 맛이 났다.

그렇게 '가볍게' 두 바퀴를 뛰고 난 뒤, 모든 크루원이 함께 뛰기 시작했다. 미리 한 시간 전부터 뛰고 계신 분도 같이 합류하여 다 같이 달렸다.

"자, 600!"

600이 뭐지??? 일단 모르겠지만 달렸다.

"이제 530 갑니다!"

리드해 주시는 분의 발이 빨라졌다. 530은 또 뭔지 모르겠지만 너무 숨이 찼다. 4바퀴에서 이제 그만 쉬어야 할 것 같다고 심장이 외쳤다. 크루원에게 말을 못 해서 한 바퀴를 더 돌았다. 작고 소중한 심장이 우는 것 같았다.

"저, 너무 힘들어서 못 뛰겠어요." 헉헉거리며 이실직고했다.

"그럼 지금 도는 방향 반대편으로 돌아 걸어오세요. 그리고 우리를 다시 만나고부터 합류해서 뛰면 돼요."

너무 힘든데, 운동장 반 바퀴 만에 나와 크루원들은 다시 만나고야 말았고 나는 또 뛰어야만 했다.

5KM 정도를 뛰고 난 후 마무리 운동과 단체 인증사진을 찍었다. 그리고 소모임 어플을 깔아야 했고, 스트라바, 나이키런, 뉴발란스 등 여러 달리기 관련 어플을 깔면 좋다고 하셨다. 달리기는 취미로만 해봤는데 울트라부스트가 좋고, 미즈노가 좋고… 잘 모르는 말투성이었다. 다른 분들의 화려한 운동복과 운동화에도 눈길이 갔다. 나는 그냥 휠라 아무 운동화였다.

휴, 잠시 숨 좀 고르고, 그렇게 첫 정기 모임이 끝났다.

알고 봤더니 600, 530은 1km를 달릴 때 걸리는 시간이었다. 530은 1km를 5분 30만에 주파한다는 의미였다. 같이 뛰는 것은 물론 너무 좋았지만 내 페이스를 모르고 따라 달리다 보니 괜히 더 힘든 것 같았다. 끝나고 다 같이 담소를 나누거나 인증 사진을 찍는 것도 어색하기만 했다. 운동 전후 스트레칭을 하는 것도 괜스레 부끄러웠다. 단톡방이 계속해서 울리는 것도, 끝나고 밥이나 술 등, 나는 그냥 어려웠다.

마라톤 대회 때 다 같이 응원하고 모이는 것과 같은 기운이 팍팍 나는 귀중한 경험도 있었지만 여전히 잘 모르는 사람과 정기적인 시간을 맞추는 것은 부담스러웠다.

그냥 나는 규격화된 러닝크루 모임은 어려웠고 그건 내 성향임을 인정하기로 했다. 그리고 내 선택으로 혼자 달리기, 혼런을 시작했다.

그리고 진짜 같이 달리는 즐거움을 알게 된 것은 그로부터 1년 후였다.

물론 여전히 모르는 사람과 일부러 함께 달리는 것은 어렵다! 정기적으로 함께 달리지도 않는다! 그저 원할 때, 마음 맞을 때 좋아하는 사람과 좋아하는 페이스로 함께 달릴 때, 진짜 즐거움을 느낀다.

나는 자랑스러운 혼러너다.

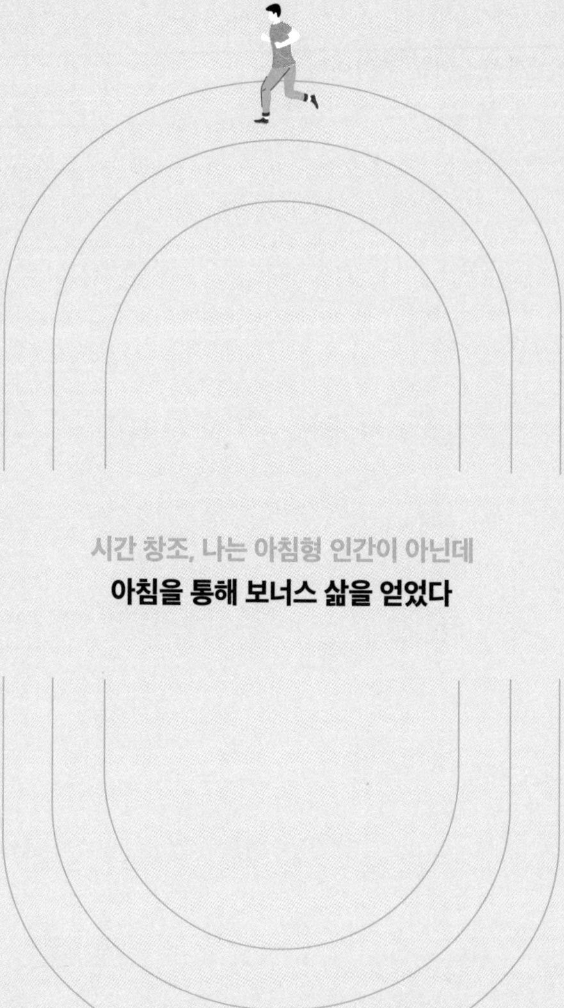

시간 창조, 나는 아침형 인간이 아닌데

아침을 통해 보너스 삶을 얻었다

03

어느 날,
아침이 나에게 왔다

나는 아침형 인간이 아닌데

왜 아침에 일찍 일어나야 하지? 아침에 일어난다고 뭐가 달라지나? 아니, 똑같은 1시간인데 저녁에 하면 되잖아. 일찍 일어나는 게 뭐가 중요해.

아침형 인간이 더 성공한다라는 어른들의 말씀을 듣거나 기사를 보면서 늘 하는 생각들이었다. 왜 미라클모닝이니 일찍 일어나는 새니 하면서 저녁형 인간들의 마음을 불편하게 하는 걸까? 그냥 아침에 10분 더 자는 것이 오히려 내가 성공할 수 있는 평온한 아침을 만들어 주는 것 같은데 말이다.

고백하자면 나 역시 등교/출근시간보다 일찍 일어난 적이 없었다. 늘 20분 전에 일어나 10분 샤워, 10분 준비 그리고 머리는 말리지 않고 출발.

나의 아침은 그저 출근을 준비하는 시간에 불과했다.

술 좋아하는 사람이 술 끊을 필요성을 못 느끼듯, 행복한 저녁 대신 어슴푸레한 아침에 일어나야 한다는 생각조차 들지 않았다.

지독했던 저녁형 인간인 내가 어떻게 아침 시간을 쓰게 되었을까? 그리고 왜 일어나게 되었을까?

저녁 1시간과 아침 1시간이 다를까?

일단 대답부터 하자면, 의지가 강력한 사람이라면 아침이든 저녁이든 상관이 없다. 자신이 원하고 해야 하는 것들을 어느 순간이든 규칙적으로 해 낼 수 있기 때문이다. 그러나 우리는 일반인이고, 어제 세운 결심조차 제대로 해 낸 적이 드물다.

아침에 일어난다고 하면 독하거나 의지가 강하다고들 한다. 하지만 이제는 잘 알고 있다. 아침에 일어나는 것보다 매일 꾸준히 저녁시간에 운동이나 공부 등을 하는 것이 더 독하고 의지가 강하다는 것을 말이다.

아침도 내가 쓸 수 있는 시간이라는 것을 깨닫게 된 것은 우연히, 평소보다 한 시간 일찍 눈을 뜨게 된 날이었다.

아침에 일찍 일어나게 되었는데, 나의 아침은 출근 준비하는 것 이외에는 무엇을 해야 하는지 몰랐다. 침대에서 일어나면 큰일나는 줄 알았고 잠자고 있어야 하는 시간인데 한 시간이나 일찍 눈이 떠졌기에 다시 잠을 청했다. 어차피 일어난다고 해도, 할 수 있는 것도, 할 것도 없었다.

계속 침대에서 뒹굴거리며 눈을 감고 있었다. 자는 것도 일어나 있는 것도 아닌 그야말로 그냥 누워있는 30분. 갑자기 문득 '내가 왜 이러고 있지? 라는 생각이 들었고 일어났다.

남은 30분 동안 여유롭게 차 한잔을 마셨다. 큰 뭔가를 하진 않았지만, 내 인생 처음으로 하루의 시작을 나를 위해 사용했다.

저녁 1시간과 아침 1시간은 다르다.

그렇게 여유로운 아침을 보내고 나니 스스로 시간을 제어할 수 있다는 확신이 섰다.

보통의 나는 저녁에 집에 돌아오면 대충 밥 먹고, 잠시 쉬다가 꾸역꾸역 운동 가거나 아니면 누워서 스마트폰 하다가 잠들곤 했기 때문에 특별한 무언가를 하기엔 시간이 없다고 생각했다. 특히 약속이나 야근이 있는 날들은 집에 들어와서 얼른 자기 바빴다.

우선 저녁에는 시간을 내기가 쉽지 않다. 그리고 하루를 버텨 온 힘든 몸이기 때문에 무엇을 한다는 것조차 큰 결심이 필요하다.

이때 무엇을 하지 말고 한 시간 일찍 자면 된다. 자연스럽게 일어나 질 때까지 조금 더 많이 자 두면 된다. 자다가 자다가 더 많이 자다가 어느 날 일찍 눈을 뜨게 되는 날이 내게로 오게 된다.

자연스럽게 한 시간 일찍 일어나니, 아침에 가장 가벼운 정신과 몸으로 그동안 내가 하고 싶었지만 못했던 것들을 시도해 볼 수 있는 시간이 마련되었다.

아침 1시간은 하루의 시작이었고 아무것도 나를 방해하는 것들이 없었다. 그저 나만의 공간과 시간 속에서 몰입을 위한 최상의 환경이 주어지게 되었기 때문에 똑같은 일들을 하더라도 밀도가 달랐다.

단적으로, 저녁에 걱정과 피로를 안고 온 내 마음과 아침에 일어나서 모든 것들을 시작하기 위한 내 마음의 상태부터가 달랐다.

처음 세 달 동안은 명상과 일기를 썼다. 한 번도 나를 위한 시간을 가져 본 적이 없었는데 아침에 일어나고 나서야 출근이 아닌, 남이 아닌 나를 위한 시간을 가질 수 있었다. 그리고 글을 썼고, 운동을 했고 책을 읽고... 시간 없다는 핑계로 안 했던 것들을 할 수 있게 되었다. 단지 내가 노력한 것은, 일찍 잠드는 것. 6시에 일어나기 위해 11시에 자려고 누운 것뿐이었다. 아침에 일어나는 것은 강력한 나의 의지가 아니라 자연스러운 시스템일 뿐이었다. 혹시 못 일어났다면 그 날 저녁 또 30분 더 일찍 누웠다. 저녁에 약속이 있든 야근을 하든, 집에 도착하면 뭘 할 생각을 하지 않고 일단 휴식하고 잤다. 내일 아침에 할 수 있으니까. 오히려 저녁보다 더 가뿐하게 해 낼 수 있으니까.

한 번도 나를 위해 살아 본 적 없는 아침이었는데, 나를 위한 1시간을 내어주고 나니 인생이 달라졌다.

그렇게 아침이 나에게 왔다.

저녁 말고 아침

아침에 씻고 출근하는 것 말고는 무엇을 할 수 없다고 여겼던 때가 있었다. 아마 대부분의 사람들이 그럴 것이다. 일찍 일어나는 것은 고사하고 간신히 눈 비비며 씻고 밥은 먹는 둥 마는 둥 하며 후다닥 나오는 아침. 그리고 그렇게 소란스러운 아침이 지나고 간 방은 널브러진 이불과 벗어 제낀 옷가지들로 흐트러져 내가 돌아오기만을 기다리고 있다.

오늘은 운동을 해야지, 책을 읽어야지 하며 하루의 시작을 다짐해 보지만 일과가 끝나고 돌아오며 하는 생각은 늘, '아, 빨리 들어가서 밥 먹어야지, 빨리 씻고 누워서 뒹굴어야지.' 이 두 가지 생각뿐이다.

일찍 일과가 끝나도 그 날 생각했던 목표들을 행하는 시간은 항상 9시 이후이다. 퇴근하고 바로 헬스장으로 가거나 카페로 가지 않는 이상, 늘 집에서 쉬다가 쉬다가 죄책감으로 간신히 나온다.

그래도 할 수 있는 시간이 있으면 다행이다. 회식이나 야근으로 9시 정도에 끝나는 날이면 그날은 이미 개점휴업상태이다. 빨리 집에 가서 씻고 누워도 10시가 넘고, 자기 전에 유튜브도 봐야 하니 오늘 공부는 이미 틀렸다. 그리곤 자기 전에 생각한다. 아, 내일은 꼭 운동해야지.

그래도 괜찮았다. 매일은 아닐지라도 늦게라도 운동을 했고 책도 읽었다. 나름대로 열심히 살고 있다고 생각했다.

그러나 1년 전, 정말 큰일이 생겼다. 저녁을 거의 쓸 수 없는 야근이 많은 부서로 이동하게 된 것이다! 매일 정시 퇴근했을 때는 일주일 중 하루 이틀의 저녁만 열심히 살아도 되었다. 하지만 이제는 운 좋게 일찍 마치는 날이 생겨도 얼른 집에 가서 쉬고 싶었다.

자연스레 저녁에 끊어뒀던 영어학원을 정지시키게 되었다. 카페는 고사하고 일찍 마치면 감사히 여기고 집에 들어가기 바빴다. 대부분의 날은 유튜브를 보면서 밥을 먹다가 잠이 들었고, 운동을 안 하게 됐다. 자꾸 살이 쪘다.

이건 아닌 것 같았다. 잘 먹고 잘 살려고 하는 건데 나는 점점 망가지고 있었다. 내 시간이 없다는 사실도 답답했다. 집에 들어가서 쉬다 일어나면 바로 출근하기 때문에, 내 정신은 온통 회사에 있는 것 같았다. 일을 열심히 하고 싶은 마음도 문제였다. 잘 안 풀리면 계속 고민하는 성격 탓에 하루 종일 회사에 있는 기분이었다.

답답해서 땀을 흘리고 싶었다. 옛날처럼 땀을 흘리고 움직이면 개운할 것 같았다. 너무나 갈증이 났지만, 시간이 부족했다. 밤 10시는 너무 늦었다. 혼자 운동장에 가기엔 너무 두려운 시간이었다.

그래서 찾게 되었다. 내가 쓸 수 있는 시간을. 아침을.

처음엔 운동이 아니었다. 단 10분 일찍 일어나서 홈트를 했다. 일단 다 집어치우고 군살이 문제였기 때문에 일어나자마자 스쿼트나 플랭크 같은 운동을 했다. 딱 10분이지만 비짝비짝 땀이 났고, 개운해졌다. 조금이지만 운동을 했다는 성취감에 뭔가 난 대단한 사람이 된 기분이었다.

그 다음에는 이부자리를 정리했다. 10분 일찍 일어나니 조금 더 여유가 생겼고, 출근하기 전에 방을 치워야겠다는 생각이 들었다. 물론 이부자리를 정리하는 것이 하루를 성공하는 비결이라는 유튜브 영상을 따라 한 것이었다.

그런데 진짜였다. 이불을 개니까 퇴근하고 돌아와서 너무나도 정돈된 방에 돌아오면, 내 방은 따뜻함을 주면서 오늘의 나에게 수고했다고 격려해 주는 느낌이 들었다.

아침에 10분 땀 흘리고 자리를 정돈하는 것에 자신이 생겼다. 그동안 하고 싶었지만 못했던 일기 쓰기, 책 읽기를 다시 하고 싶은 욕심이 생겼다. 이젠 한 시간을 일찍 일어나기 시작했다. 아침에 일어나자마자 졸리니까 명상을 틀어놓고 조금 졸고 또 그동안 잘 쓰지 않았던 일기도 손글씨로 썼다. 아침이 충만하니 하루가 충만해졌고, 아침시간에 행복을 잔뜩 쌓아뒀기 때문에 출근하는 길도 평화로웠다. 하루 종일 회사 일에 시달려도 고민이 없었다. 왜냐하면 아침에 이미 하고 싶은 것은 해놨기 때문에.

이미 난 아침에 모든 목표를 이뤘고 보너스 시간으로 출근을 하고 업무를 하고 쉬고 있었다. 그저 내가 신경 쓸 일은 늦게 자지 않는 것. 일찍만 일어난다면 나의 아침은 가득 찼고 결과적으로 하루가 가득 차게 되었다.

잠을 자면서도 후회가 없다. 그동안은 못한 일들 때문에 죄책감에 '내일은 해야지.'하며 잠들었다면, 이제는 '내일 일찍 일어나서 해야지.'라는 생각에 기분 좋게 숙면을 취한다. 오히려 수면의 양과 질이 높아졌다. 아침에 하고픈 일이 많은데 일어나기 위해서면 12시 이전에는 자 줘야 하는 것을 알기 때문에 충분한 휴식을 취하고 있었다. 잠순이가 잠을 줄이지 않고 일찍 일어날 수 있게 되었다. 아침에 시작하기 위해서.

그리고 운동. 아침에 운동을 다시 시작했다. 남들이 들으면 기겁할 만한 소리였다.

처음에는 2키로나 3키로를 달렸다. 일단 나오는 것부터 대견했고 더 일찍 일어나기는 무리였기 때문이다. 그런데 우연히 버츄얼마라톤 대회에 참가하게 되었고, 일찍 10k를 완주하는 순으로 커피 쿠폰을 준다는 이벤트를 보았다. 공짜 커피에 눈이 멀어 새벽 5시에 일어나서 운동장에 갔다. 그 아침에 10km를 뛰었다. 할 수 있는 거였다. 그날 이후 진정한 아침이 시작된 것 같다.

이제는 매일 일어나는 대로 뛰러 나가기 시작했다. 40분 일찍 일어나면 7키로, 50분 일찍 일어나면 8키로. 아무 생각하지 않고 일어나자마자 발딱 튀어 나갔고 생각은 달리면서 했다. 오늘 뭐 입지, 오늘 어떤 일을 해야 하지, 어제 친구랑 싸웠는데 화해해야겠지 등등.

아침부터 심장이 벌떡벌떡거렸다. 아침에 에너지를 폭발시키는데 놀랍게도 이 에너지는 증폭되기 시작했다. 예상하지 못한 활기참이 하루종일 나를 감싸고 있었다. 아침이 특별하니 하루가 특별해졌다. 나는 이미 다 할 수 있는 사람이었다. 혹시 업무를 제대로 못했거나 괴로운 하루였더라도 이미 아침에 나를 위한 중요한 일들을 다 해놨기 때문에 속상하지 않았다. 그리고 내일 또 다시 할 수 있다는 생각에 자연스럽게 다음 턴으로 넘길 수 있었다.

나는 할 수 있는 사람이더라.

아침에 일찍 일어나서 다 해낼 수 있는 사람이더라.

나는 내 시간을 자유롭게 내 의지대로 쓸 수 있는 사람이더라.

그래서 나는 저녁 말고 아침을 산다.

시간창조자의 아침

만고의 진리 하나. 시간은 24시간 누구에게나 공평히 주어진다. 과연 이 말은 사실일까?

그렇다면 왜 똑같은 24시간 속에서 운동도 하고 책도 읽고 공부도 하는 사람이 있는 반면 또 어떤 이는 그저 일어나기도 벅차서 살아내는 것 외에는 할 수 없는 사람이 있을까?

나는 같은 하루 속에서도 24시간 이상을 살아내는 시간창조자이다.

그리고 시간 창조는 그저 일상을 시작하는 시간보다 한 시간 일찍 일어남으로써 생기는 마법 같은 일이다.

보통 삶을 살아가면서 자기를 위해 쓰는 시간은 모든 일들이 다 끝나고 나서이다. 즉 우선순위가 가장 낮다. 모든 바쁜 일들이 해결되고 또 하루 종일 수고한 나를 위해 스마트폰으로 휴식까지 취해 줘야지만 영어공부를 하든 운동을 하든 공부를 하든 다른 것들을 시작할 당위성이 생기게 된다.

그러나 시간 창조를 한다면, 하루가 시작되기 전, 내가 귀찮아지고 피곤해지기 전인 아침에 일어나자마자 가장 순수하고 맑은 정신으로 나를 위한 시간을 만들 수 있다. 같은 한 시간이어도 숙면을 취하고 모든 걱정들이 나에게 다가오기 전인 아침과 고된 말과 힘들 쏟고 난 저녁은 천지차이이다. 저녁에는 걱정과 피로가 가득하지만 아침에는 의욕과 고요함이 가득하다.

시간 창조를 하고 난 뒤 나는 남들이랑 똑같이 술을 먹고 모임에 나가고 유튜브만 주구장창 보더라도 뭔가 하나는 달랐다. 다른 사람들의 '아, 저녁 먹었으니 공부해야 하는데'라고 후회하며 누워있는 한 시간보다 운동을 더 할 수 있었다. 피곤함을 가득 안고 저녁시간에 자리에 붙어 앉아 '힘든데 그래도 해야지'하며 하는 효율성 떨어지는 공부보다 더 수월

하고 자연스럽게 글을 쓰고 공부할 수 있었다.

나의 아침은 특별했고, 아침이 특별하니 하루가 특별해졌다.

자연스럽게 아침 삼십 분을 운동시간으로 비워뒀을 뿐인데 큰 노력하지 않고 억지로 몸을 일으키지 않아도 운동하러 밖으로 나올 수 있었다. 걷고 뛰며 나서 흘린 땀에 모든 우울함과 걱정들이 같이 흘러내려갔고 후끈후끈하고 열정적인 하루를 맞이할 수 있었다.

나머지 아침 30분을 나를 생각하는 시간으로 설정해 뒀을 뿐인데 출근 전 불안함은 명상으로 날려버리게 되었고 그저 고요함과 평화로움만 남아서 오늘 하루를 살아갈 수 있는 단단한 에너지를 얻을 수 있었다.

사는 것은 정말 알 수 없는 것들의 연속일 뿐이지만 일어나자마자의 아침 한 시간은 나만을 위한 시간, 심지어 마음까지 온전히 컨트롤할 수 있는 나의 시간이다. 특별한 아침은 특별한 하루를 만든다. 당연하고 자연스럽게 그동안 미뤄왔던 것들이 이루어지는 시간 창조자의 아침을 함께 누려보자.

실패 장인, 드디어 새해 목표를 이루다

"올해는 꼭 영어공부를 해야지!"

그렇게 1월에 영어학원만 몇 년째 결재해 놓고 있다. 오프라인 학원부터 영화 대사 따라 하기 어플, 유튜브 반복 재생 등 돈 버리는 방식도 다양하다.

"올여름은 다이어트 무조건 성공해야지!"

그렇게 매년 여름엔 몸보신을 해야 한다며 삼계탕을 그리도 먹었다. 사실 배만 잘 감추면 크게 문제는 없었다.

"이번 주는 저녁에 덜 먹어야지!"

점심을 푸짐하게 잘 먹으면서 하는 결심이지만 저녁만 되면 그런 결심을 했다는 것 자체를 까먹고 만다. 아니, 어쩌면 적당히 점심을 먹었을 수도 있다. 그렇지 않고서야 이렇게 배고플 수는 없다.

"오늘은 밀린 과제 다 해야지!"

그런데 이상하게 부산스럽게 할 일은 많다. 간신히 책상에 앉으면 벌써 11시라, 내일 일찍 일어나서 하는 게 더 효율적일 것 같다.

"내일은 꼭 일찍 일어나야지!"

"아, 정말 내일은 꼭 일찍 일어나야지."

매일, 매 순간 결심을 하고 또 실패하는 게 인간적이긴 하다. 당장 오늘의 결심도 내일의 나에게 미뤄버리고 내일의 나는... 글쎄다. 그건 내일이 되어봐야 아는 거다. 그런데, 왜 이렇게 하루의 시작부터 실패로 맞이하게 되는 걸까?

사실, 실패하는 이유는 단 하나뿐이었다. 그러니까 그 하나를 잡는다면 앞으로는 실패하려 해도 성공할 수밖에 없는 환경이 만들어지게 될 것이다.

시간. 시간을 잡아야 한다.

우리가 어떤 목표를 이루고자 할 때, 가령 과제가 있다고 할 때, '아, 오늘은 꼭 이 과제를(운동을) 다 끝내고 말겠어' 또는 '도서관에(운동장에) 가야지'라고 결심하곤 한다. 그런데 이 결심에는 가장 중요한 한 가지가 빠졌다. '언제, 얼마나' 목표를 위한 시간을 마련해 둘 것인지이다.

처음으로 돌아가서, '나는 오늘 과제를(운동을) 위해 1시간을 마련해 둘 것이다.'라고 생각을 바꿔보자.

그럼 언제 1시간을 비워 둘 수 있을까?

저녁 이후는 친구들과 만나기로 해서 안되고, 잠들기 직전에는 가장 좋아하는 TV프로를 봐야 해서 안 된다.

그렇다면 가장 현실적인 시간은 하루 일과를 끝나자마자 바로 해 내는 수밖에 없다. 집에 들르지 말고 바로 하고 가는 게 시간 확보에 좋겠다.

여기까지 사고의 흐름이 이어지면, '어디서' 해야 하는지와, '어떤' 준비물이 필요한 지를 미리 챙겨두고, 마음가짐까지 마련해 둘 수 있다.

다 끝났다.

이제는 그저 목표를 위해 온전히 마련해 둔 시간 속에 가만히 들어가기만 하면 된다. 시간이라는 것은 마법과 같아서 일단 쓰기 시작하면 눈덩이 같은 효과를 가져온다. 한 발짝 내딛는 것이 어려운 뿐 두 번째는 쉽다. 그렇게 자연스럽게 인생이 바뀌게 된다. 단지 시간을 마련해 두는 것으로 성공의 길로 걸어가게 된다.

우리가 실패하는 이유는 단 하나다. 시간을 잡지 못해서이다.

시간을 잡아 보지 않은 사람들은 어떤 시간을 써야 하는지를 알지 못한다. 하루 중에는 쓸데없이 흘려보내는 시간들도 있고, 행복하기 위해 반드시 써야 하는 시간도 있다.

하지만 맹목적으로 목표만 좇다 보면 마구잡이로 시간을 낚아채기 쉽다. 행복한 삶을 위한 필수적인 시간까지도 망가뜨리게 된다. 그 결과, '내가 이렇게까지 하면서 이 공부(운동)를 하는 이유가 뭐지?'라는 회의적인 생각이 들게 될 것이고 이는 곧 장기적으로 목표 달성을 위해 애쓰는 것을 어렵게 만든다.

그러나 그저 내가 사용할 수 있는 시간을 확보해 둔다면 힘들이지 않고 애써 노력하지 않아도 원하는 목표를 자연스럽게 이뤄 낼 수 있다. 다른 부수적인 일을 하다가 강력한 의지로 과제를 위한 시간을 짜 낸 것이 아니다. 오로지 지금 시간은 이 과제 하나만을 위해 마련해 둔 시간이다. 이 시간 속에 내가 있을 때 비로소 한 글자라도 보게 된다. 한 발자국이라도 내딛게 된다.

과거의 나 또한 퇴근 후 운동하기에 실패했고, 책 읽기, 영어공부 등등 많은 것들을 실패해 왔다.

지금도 여전히 평범한 사람으로서 매일 불확실한 야근에 정신없는 회식, 그리고 가끔 일찍 가는 날이면 마냥 집에서 쉬고 싶을 뿐이다.

내가 유일하게 방해받지 않는 시간은 바로 아침이었다. 눈을 뜨면 출근 직전까지 나만을 위한 고요한 순간이 솟아나기 시작했다.

평생 동안 내가 가져보지 못했던 책을 읽을 시간, 운동을 할 시간, 나만을 위해 할애할 수 있는 시간이 생겨났다. 그동안의 운동할 시간은 소파에서 쉬고 싶은 시간을 의지로 이겨낸 시간이었다. 그동안의 책을 읽던 시간들은 어떤 강력한 의지를 가진 하루의 저녁시간 대신이었다. 그러나 이제는 매일 원한다면 언제든 아침시간에 명상할 수도 있고 운동할 수도 있고 책을 읽을 수도 있다.

사실 새해 목표도 일주일을 넘기기 힘들다. 그렇기에 의지보다는 자연스럽게 해 낼 수 있는 환경, 온전한 나만을 위한 시간이 필요하다.

성공하는 사람들이 모두 바늘로 찔러서 피 한 방울 안 나올 것 같은 강철 체력에 대단한 의지를 지녔을까? 그보다는 그렇게 할 수 없는 환경이 조성되었기에 자연스럽게 해 낸 것이다. 아니, 살아간 것이다. 일을 끝낸 뒤 밥을 먹을 수 있도록 약속시간을 잡고, 일찍 일어날 수 있도록 주말 일정을 잡아 두는 등 어렵지 않게 시간을 배분해 뒀을 뿐이다. 나 역시 일찍 일어나 급하지 않지만 중요한 일들을 처리하기 위해 아침시간을 배분해 뒀다.

나는 그렇게 아침시간을 창조했다.

실패 리스크를 지우고 나니 새로운 삶이 시작되었다.

명상을 하기 시작했고 글을 쓰기 시작했다. 온라인 모임을 만들어서 매달 새로운 사람들과 운동모임을 하고 있고 SNS에 '아침에달리'라는 콘텐츠도 발행하게 되었다. 늘 불안하고 초초했던 어린 초년생의 새롭게 바뀐 인생을 전달하고 싶어졌다. 아주 바쁜 시기에 오히려 더 많은 시간이 생겼다. 더 많은 성취들을 할 수 있었다. 새로운 인생이었다.

뭐 사실 새로운 삶이 거창하지 않아도 된다. 그저 아침 출근이 불안하지 않으면 그게 새롭고 행복한 삶이지, 별 다를 게 있으랴.

그래도 특별히 달라진 것은 있다. 원할 때 어떤 것이든 성공해 낼 수 있다는 믿음 하나는 확실히 생겼으니까.

그리고 실패장인이었던 내가 시간을 배분하고 나서야 드디어 새해 계획과 인생 목표는 달성할 수 있는 것임을 깨닫게 되었다.

아침을 창조하는 3가지 방법

세기말에나 유행했던 것 같은 미라클 모닝이 다시 한번 충실한 삶을 위한 자세로 이슈가 되고, 저명인사들은 일찍 일어나면 좋다고 연일 떠들어댄다. 하지만 부정할 수 없는 사실 하나. 일찍 일어난다는 생각을 해 본 적이 없다. 둘. 미라클 모닝을 각오했더라도 그건 자기 전까지의 각오일 뿐이다.

이전의 내가 그랬듯 대부분의 사람들은 일찍 일어나서 그 좋다고 하는 아침을 한 번 누려보고 싶어한다. 하지만 눈을 뜨면 이미 오늘도 실패인 사람들이 부지기수이다.

일찍 일어나고 싶어! 그렇지만 이미 눈을 뜨면 8시가 지났다니까!" 하며 알람을 듣고도 끄는 자신이 미워지기도 한다.

이렇게까지 못 일어나는 것을 보면 나는 아침형 인간은 아닌 것 같다며, 있는 그대로의 나를 소중히 여겨야지 하고 일어나 있는 시간에 충실하기로 다짐하기도 한다.

사실 아침의 기쁨과 분명한 에너지를 느낀 사람들도 매일 아침 일찍 일어나는 것은 어려운 일이다. 조금 더 자고 싶고 그저 아무것도 하기 싫을 수 있다. 그래도 일단 일어나고 나면 이 평화로운 아침 덕에 특별한 하루를 시작할 수 있다는 감사함과 조금 더 일찍 일어났으면 더 좋았을 뻔했다는 아쉬움으로 매일 아침을 또 준비하게 된다.

저녁형 인간이었던 내가 아침에달리를 1년 동안 운영해오면서 매일 아침을 창조할 수 있었던 필승 기상 비법 3가지는 다음과 같다.

1. 일찍 자라

이게 비법인가 싶겠지만, 우리의 신체는 무적이 아니다. 적정한 수면시간을 보장해야만 자연스럽게 일찍 일어날 수 있다. 물론 학창 시절에 4시간만 자고도 일상생활이 가능하다는 친구를 본 적이 있을 것이다. 나 역시 검색창에 "수면시간 줄이는 법" 등을 검색했던 적도 있었다. 그러나 그건 그 친구만의 적정 수면 시간일 뿐 우리는 일반인이다. 일반인의 생체리듬에 맞게 적정 수면을 취해야 한다.

하루 이틀은 4시간만 자고 일찍 일어날 수 있을지언정 일주일 이상은 어렵다. 오히려 자괴감이 들 수도 있다. 일찍 자고 일찍 일어나서 아침시간을 지혜롭게 보내기만 한다면 4시간 기상의 신보다 훨씬 더 현명한 시간을 보낼 수 있을 것이다.

일찍 일어나는 것은 의지가 아니라 시스템이다. 자연스럽게 일어날 수 있도록 몸의 시스템, 환경부터 구축해야 한다. 강력한 의지는 일찍 일어나는 비법이 될 수 없다. 잘 자면, 잘 일어날 수 있다.

처음 아침 기상을 하고자 한다면 일어나고 싶은 시간부터 거꾸로 시간을 세서 6~8시간을 수면시간으로 잡고 취침시간을 정하면 된다. 처음엔 잠도 안 올 것이고 차라리 원래 자던 시간에서 그냥 일찍 일어나는 것이 더 쉬울 수도 있다. 하지만 누워 있더라도 잠을 청해라. 그러다 10시에 잠들고 실수로 새벽 3시에 일어난 날, 그때부터 시작하면 된다. 그날은 피곤해서라도 10시 전에 잠들기 때문에 다음날은 새벽 5시로, 그다음 날은 11시-5시로 천천히 조정될 것이다.

2. 하고 싶은 일 하나를 하지 말고 잠들어라

아무리 일찍 잠들어도 아침만 되면 더 자고 싶어지는 것이 사람이다.

자연스럽게 눈 뜨기에 실패한다면, 일어날 수밖에 없는 환경을 만들어 주어야 한다. 평소에 시간을 들여서 하고 싶었던 일을 바로 아침에 하는 것으로 설정해라.

나 같은 경우는 매일 웹툰 1~2편을 즐겨보는데, 매일 밤 11시 정도에 새로운 내용이 나온다. 저녁에 기다렸다가 보고 자도 되겠지만 일부러 참고 아침에 일어나자마자 보려고 한다. 일어나자마자 어제 못 본 웹툰을 봐야 한다는 생각에 다시 잠들지 않게 되고, 말초신경을 건드리는 만화 내용으로 눈이 번쩍 뜨기 때문에 잠 깨는 특효약이 된다.

또 하나의 하고 싶은 일은 특별한 아침 먹기이다. 정말 좋아하는 요거트가 있는데, 아침으로 먹고 가기 위해 일찍 눈을 떠서 혼자 야금야금 먹곤 한다. 한 입, 한 입마다 행복이 물씬 올라와서 아침이 행복해진다. 늦게 일어나면 허겁지겁 먹으면서 맛을 음미하지 못하거나 자칫 잘못하면 못 먹을 수도 있기 때문에 요거트를 먹기 위해서라도 가능한 일찍 일어나려고 한다.

다만 아침 게임은 반대하는 편이다. 게임은 하면 할수록 더 하고 싶어지기 때문에 늦잠보다 못한 결과를 낳을 수 있다.

잠들기 전, 시간을 죽이기 위해 했던 소소한 재미들을 아침으로 옮기는 것만으로도 특별한 아침을 만들 수 있는 비법이 된다.

저녁에는 그저 휴식에 힘쓰고 아침에 일어나자마자 행복을 밀어 넣어주자. 새벽 기상은 덤일 뿐이다!

3. 함께 일어나라

이 방법은 가장 강력한 비법이자 아주 오랜 시간 유지할 수 있는 힘이 된다. 특히 요즘은 온라인 모임과 같은 느슨한 연대를 통해 모르는 사람들과 개인적인 연결 없이도 서로의 목적과 목표를 공유하고 응원할 수 있어서 부담이 덜하다.

포털사이트/SNS 등에 미라클 모닝, 아침 기상과 같은 키워드를 검색하면 여러 사람들이 운영하고 있는 아침 모임에 참가할 수 있다. 가입비가 있는 모임도 있고 무료 모임도 있을 것이다. 개인적으로는 가입비가 있고 운영자가 있는 모임을 추천하는데, 운영자는 모임 운영비를 받는 만큼 참가자들을 챙기고 룰을 유지하려 하기 때문에 모임의 질이 좋은 편이다.

다른 사람들은 왜 일찍 일어나려 하는지 또 아침에 어떤 일들을 하는지, 어떻게 게으름을 극복하는지 온라인 모임을 통해 다른 사람들을 관찰하면 더더욱 동기부여가 된다. 또한 나에게도 숙제가 주어지기 때문에 벌금이나 변명하기 싫어서라도 열심히 참여할 수밖에 없다.

사람은 주어진 환경에 적응하기 때문에 부지런한 모임에 나를 밀어 넣는다면 약간의 압박감과 함께 아침을 유용히 쓸 수 있게 된다. 특히 이제까지는 아침을 사용한다는 생각조차 못 했지만 모임을 통해 아침 기상이 별난 짓이 아니라는 것과 이렇게 사는 사람들이 많다는 것을 알게 된다.

이런 새로운 세상이 있다는 것과 그 세상이 아주 특별한 것은 아니라는 사실을 깨달았다면, 나 역시 그리 어렵지 않게 해 낼 수 있다는 자신감이 생긴다. 그리고 아침모임은 시작일 뿐 함께 모임을 가지는 아침러들을 통해 기상뿐만 아니라 또 다른 세상으로의 문도 열릴 것이다.

세 가지 방법들을 읽고 나면 아무것도 아니라고 생각할 수도 있을 것이다. 그리고 사실은 너무 쉬운 방법들이기도 하다. 혹시 한 번 일어나 보기로 결심했다면 일단 푹 숙면을 취하자. 그리고 내일 아침 무엇을 할지 반짝거리는 상상을 하며 잠들어보자. 문득 일찍 눈이 떠진다면 애써 다시 눈 감지 않아도 된다.

이제 무엇이든 할 수 있는 나만의 아침을 창조해보자.

아침에 달리들의 하루

일주일에 5번 X 4주.

아침에 달리는 매주 5번씩 걷거나 뛰어야 한다. 4주 동안 20번이 아닌 1주일에 다섯 번을 인증해야 한다는 것은 이틀 이상 연속해서 쉬는 날이 없다는 의미이기도 하다.

이렇게 가혹한 프로젝트에 과연 참여하는 사람이 있을까? 달리들의 하루는 복닥복닥한 아침으로 시작한다.

일어나는 순서대로 아침을 열어준다. '오늘의 날씨는 어떻고 기온은 어땠으니까 따뜻하게 입어라.', '출근을 일찍 해야 할 것 같다.' 등 다정한 안내를 해 준다.

그러고 나서 순차적으로 3키로, 5키로 가볍게 뛰는 달리들이 있다. 출근 준비에 분주하여 오늘도 파이팅이라는 짤막한 아침인사와 함께 빠르게 사라진다. 다음은 놀라운 장거리달리의 20KM 인증이 이어진다. 평일에도 대단하다는 찬사가 이어지면, 오늘 연차라서 길게 뛰어 봤다는 쑥스러운 답변이 돌아온다.

유달리 인증사진이 멋진 달리도 있다. 완벽한 달리기 포즈와 일출샷, 해안 러닝, 트레일 러닝샷 등. 이런 사진들은 오늘의 인증샷으로 뽑히고, 오늘의 인증샷들이 모이면 한 달 간의 달리 캘린더가 완성된다.

아차차, 늦잠을 자거나 바쁜 달리는 주말에 보충해야 할 것 같다며 수줍게 고백을 한다.

매일 달리는 달리들의 러닝코스를 보다 보면 그 짧은 아침 시간에도 전국 일주가 가능하다. '안양달리는 눈이 와서 살살 걸었는데, 제주달리는 해가 쨍쨍해서 산책을 했구나. 천안달리는 설중런을 했는데 부산달리는 눈이라곤 내린 적이 없었구나.' 하며 다른 지역의 달리들을 부러워하기도 한다. 복닥복닥 소란스러운 아침이 지나가고 일상을 보낸다.

낮에도 간간히 러닝 소식이나 건강에 좋은 이야기들을 나누기도 하지만 보통은 조용하다. 우리가 소란스러울 때는 기념품이 빵빵한 대회가 열릴 때이다. 누구 하나 질세라 신청하고 바로 신청 페이지를 인증한다. 대부분의 달리들이 신청한 대회이면, 그때 아달리의 진가가 발휘된다. 함께 뛸 수는 없지만 같은 날, 같은 시간 함께 모인다. 동시에 시작을 외치고 출발한다. 그리고 들어오는 순서대로 인증샷을 올리고 라이브 방송도 진행한다. 오늘 코스는 어디였고 저는 이렇게 뛰었다는 둥 완주의 기쁨을 실시간으로 함께 나누고 아직 못 들어온 다른 달리들을 격려한다.

12월 25일이 그랬다. 장거리를 해 보지 않은 달리들도 크리스마스 기념으로 모두 12.25km를 달렸다. 정말로 함께 출발했기에 지켜보고 있다는 진짜 대회 같은 압박감도 있었고 또 다른 달리들의 격려 덕분에 힘들어도 포기 않고 모두 완주해 낼 수 있었다.

보통의 날들은 대부분 일상을 보낸다. 열심히 달리고 걸은 만큼, 달리들의 일상은 치열하고 열정적일 것이다.

그리고 일과가 끝나면 오늘 하루도 수고 많으셨다는 마무리와 함께 혹시 참여가 저조하면 맞춤형 카운셀링을 한다. 추워서 일어나기 힘들 때는 양말을 신고 자거나 운동복을 미리 챙겨 두는 것, 진짜 잘 안 일어나 질 때는 일부러라도 훨씬 일찍 잠들도록 하는 것. 나가는 것이 망설여지거나 다시 잠들게 된다면 내일 어디를 뛸지 미리 상상해 보도록 하는 것 등, 실패하지 않고 아침을 누리는 다양한 처방전들이 나타난다.

가장 좋은 처방은, '저는 오늘 11시 취침 6시 기상입니다.' 라는 말이다. 내가 몇 시에 자야 몇 시에 일어날 수 있는지 객관적으로 판단할 수 있는 선언을 하면, '이때는 자야지 일찍 일어날 수 있구나.' 하며 스스로 깨닫게 된다.

사실 이번 아달리는 저번 기수 분들이 100% 재참여를 하셨다. 나보다 더 열정적이고 더 즐겁게 아달리를 하고 있어서 그다지 격려의 말들이 필요 없는 듯하다. 오히려 내가 격려받으며 힘겹게 일어나서 달리러 가곤 한다.

나가기 귀찮더라도 어쩐지 다른 사람들의 아침 에너지를

받게 되고 또 나도 모르게 마음이 동해 달리게 되는 마법이 아달리의 정수라고 할 수 있다.

아침에 달리는 내가 꾸준히 운동하고 싶어서 만든 프로젝트였다. 한 번 아침에 뛰고 난 느낌이 너무 좋아서 앞으로도 지속하고 싶었고 이를 위해서는 끈끈한 강제성이 필요했다.

여러 자기 계발 모임에 참여해 봤지만 벌금을 무지막지하게 냈을 뿐 완벽히 성공한 적은 없었다. 그래서 이번엔 프로젝트 리더가 되기로 결심했다. 창피해서라도 달릴 테니까. 모임을 운영하기 위해서라도 해야만 할 테니까 말이다. 결심은 작았고 결과는 위대했다.

8월부터 쉬지 않고 아침에 운동할 수 있는 사람이 되었고 또 에너지 넘치는 또 다른 아침에 달리들을 만날 수 있었다.

우리 아침에달리들은 이런 하루를 보낸다.

아침이 특별한 만큼 하루는 더 특별하다.

아침이 열정적인 만큼 하루는 더 열정적이다.

우리는 이렇게 걷고 뛴다.

길 위에서
만나는 사람들

아침에 달리면 사람을 마주칠 일이 거의 없다. 그래서일까, 세수는 시간 낭비일 뿐 일어나자마자 로션 잔뜩 바르고 어두컴컴한 아침을 달리러 나간다. 빨래하기 직전의 옷을 눈에 보이는 대로 겹쳐 입으면 겨울을 달릴 준비도 끝난다.

부모님 댁에서 달리는 주말도 예외는 없다. 오히려 아는 사람 하나 없는 동네를 달리기 때문에 더 자유롭다. 일어나자마자 머리 한 번 질끈 묶고 밖을 나서니 주말 아침의 산뜻한 공기 덕분인지 너무나도 가볍게 뛰어졌다. 따끔한 햇살에 반짝이는 물가를 보니 나도 모르게 웃음이 흘러나왔다. 오늘의 행복한 달리기를 여러 사람들에게 공유하고 싶었지만 눈

곱도 떼지 않은 모습이라 심장에만 살짝 남겨뒀다.

"채은씨 잘 달리던데?"

월요일 회사에서 마주친 상무님의 한 마디에 나는 눈이 똥그래졌다. 어떻게 날 보셨지? 같은 용인에 살고 계시다는 것은 알고 있었지만, 그날, 그 시간에 어떻게 기흥호수에 오셨담? 아니 그 전에 어떻게 난 줄 아셨지? 난 정말 쏜살같이 달렸을 텐데, 그 사이에 마스크 쓴 내 얼굴을 어떻게 보셨지? 알고 보니 주말에 아드님과 함께 산책을 나오셨다가 유독 신명나게 달리는 여자를 보셨다고 한다. 그저 나와 닮았다는 생각만 했는데 스쳐 지나가는 뒤통수와 함께 옷에 박혀있는 회사로고가 눈에 들어오셨다고 했다. 아, 옷이 범인이었구나!

"애사심이 대단해! 용인까지 와서 우리회사를 알리고 다니네!" 그렇게 나는 달리기도 잘 하고 애사심도 넘치는 직원이 되었다. 아무도 못 볼 줄 알았는데 눈곱은 떼고 달릴걸, 후회는 늦었고 길 위에는 항상 누군가가 있다는 사실을 잊지 말아야 했다. 정말, 정말 누군가는 있다.

새벽 5시 50분, 회사 근처를 달리다 또 새벽산책을 하는 다른 임원분도 보게 된다. 높으신 분들은 정말 산책과 사색을 즐긴다 말이 사실이었던 걸까? 멈춰서서 인사를 드려야 하나 고민하며 달리다 보니 170이던 심박수가 190까지 올라갔다. 이렇게 이른 산책이라니 대단하시다고 괜히 말 한마디 드리고 싶었지만 현실의 나는 작은 주임일 뿐, 조용히 지나가기로 결심했다.

인사만으로도 긴장이 되었기에 주춤주춤 뛰어가며 꾸벅거리는 순간 심박수는 203까지 치솟았다. 앗, 말 거는 것은 다음으로 미뤄야겠다. 회사 밖에서 뵈니 더 반갑긴 했지만 평범한 주임에게는 너무나도 떨리는 순간이었다. 그저 나는 내가 부지런한 새벽의 멋쟁이 달림이라고 인식되길 바라며 바람같이 사라지기 위해 후딱 질주해 버릴 수밖에 없었다.

종종 심박수를 치솟게하는 아는 사람들 말고, 러너들은 전혀 모르는 사람들과 길 위에서 친해지기도 한다. 매일 같은 시간에 달리다 보면, 나처럼 또 늘 같은 시간에 달리는 사람들이 있기 때문이다. 늘 같은 시간에 같은 장소에서 만나기 때문에 익숙한 러너들과 아는 체는 하지 않아도 마음으로 한 번, 눈짓으로 한 번 서로 응원을 한다. 평소보다 빨리 나올 때는 6시 10분의 벙거지 모자를 쓴 남자가 있고, 돌아가는 길목에서는 6시 40분의 부부러너도 있다. 혹시 스타일이 좋은 여성 러너를 보게 되면 속도를 높여 집으로 돌아가야 한다. 이 분은 7시 달림이기 때문에 만났다 하면 지각을 피하기 위해 허둥지둥 출근준비를 해야 한다.

사실 나 혼자 일방적으로 우리동네 러너들을 알고 있는 것은 아니다. 아침달리기를 통해 알게 된 동네러너 분이 말씀하시길, 지난겨울 내내 그 길을 달리던 여자는 나 하나뿐이었단다. 그냥 달리는 것 같지만 길 위에 있는 우리들은 연결되어 있었다. 말은 하지 않더라도 서로의 달리기를 응원하고 있었다.

오로지 러너들만 할 수 있는 러닝친구를 만드는 방법도 있다. 바로 같은 시간에 같은 경로를 달리는 사람들을 표시해주는 스트라바(Strava) 어플을 통해서이다. 모르는 사람이더라도 오프라인 상에서 마주치고 일정시간 함께 달렸다면 스트라바에서 친구가 될 수 있다. 때문에 달리기를 하고 난 뒤 스트라바에 친구 목록이 뜨면, 마치 같은 시간을 함께 달린 듯한 동질감이 든다.

나 역시 전혀 모르는 사람이지만 같은 동네에서 비슷하게 달리는 사람과 친구가 되었다. 그의 달리기를 종종 구경한다. 무더운 여름이나 추운 겨울에도 지지 않고 달릴 때는 응원도 보내고 나 역시 멈추지 않고 달려야겠다는 다짐도 한다. 늘 혼자 달리기를 하는 줄로만 알았는데, 내가 달리는 이 길에는 언제나 많은 사람들이 함께하고 있었다.

우연히 일찍 눈을 뜬 아침 출근길

평소 일어나던 시간보다 10분 정도 일찍 일어났다. 더 자기 위해 뒤척이지 않았고 번쩍 눈이 떠지길래 스트레칭이라는 것도 했다. 보통 이런 날은 다시 잠이 들기에 오히려 늦잠을 잘 수도 있지만 오늘은 달랐다. 고요한 아침의 평온한 시간이다.

일어나자마자 물통 채 벌컥벌컥 생수를 들이켜는 평소와 달리 오늘은 컵에 물을 따르고 살짝 머금어준다. 오늘은 어쩐지 여유가 있다. 머리도 오래간만에 바싹 말렸다.

옷도 한 번에 집었지만 잘 고른 것 같다. 내 몸에 편안하니 예쁘다.

잊고 나간 물건도 없고 짐도 적어서 손이 가볍다. 오늘은 어쩐지 여유롭다.

5분 일찍 나왔을 뿐인데 평소의 북적거림이 느껴지지 않는다. 오늘은 아이스 아메리카노를 미리 사서 갈 수도 있다. 5분 일찍 나왔을 뿐인데 10분 더 일찍 도착했다.

바로 사무실로 들어가는 것이 약간 아쉬우니까 유튜브나 웹툰을 좀 보다 가곤 하지만 오늘은 조금 다르게 눈을 감고 오늘 할 일을 살짝 떠올려본다.

복잡하고 많은 것 같지만 리스트업 해보면 사실 하나씩 차근차근 끝낼 수 있다. 아침의 여유로움만큼이나 오늘 하루도 여유롭고 능숙하게 흘려보내길.

오늘은 일찍 도착 한 만큼 세심하게 근무 준비를 하고 흐뭇한 마음으로 살짝 타이핑을 치는 하루가 될 거야. 관대한 마음으로 큰 틀에서 보는 하루가 될 거야.

나는 오늘도 출근을 한다.

오늘도 완벽한 하루가 시작되는 중이다. 걱정했던 모든 일들은 잠자는 사이에도 고민이 계속되었기 때문에 불시에 탁!

하고 해소가 될 것이다. 늘 그랬듯이 오늘도 나는 할 수 있다.

오늘은 좋아하는 동료와 점심에 디저트를 먹어야지. 오늘은 회의를 빨리 끝마쳐야지. 오늘은 퇴근길에 베이글을 사 먹어야지. 내가 원한다면 어떤 일이든 해 낼 수 있다. 그동안 못 한 게 아니고 안 했던 거야.

오늘은 여유로운 하루니까. 오늘은 다 잘 되는 날이니까.

어떻게 겨울까지 땀이 나겠어!
뛰니까 땀 나는 거지!

오늘 같은 겨울 아침에 출근하면 종종 듣는 말이 있다.

"오늘도 뛰었어?"

"요즘 같은 날도 달려?"

겨울에도 달리기를 하냐는 물음에 답할 때마다 놀라는 반응에 나만 너무 유난스럽게 추위에도 뛰어다니는 걸까 하고 멋쩍어진다.

그래, 겨울에도 뛴다. 달려야 한다는 무거운 결심에 결심을 더하는 것이 아니라 아침에 일어나면 일단 자연스럽게 나가고 있다. 졸리면 나가서 뛰면서 졸면 된다. 추워도 출근하고 등교하고 밥 먹는 것과 같이, 하루를 특별하게 시작하는 마법의 주문 역시 마찬가지이다.

겨울 달리기의 매력은 바로 덥지 않다는 것. 그렇기에 더 산뜻한 하루를 시작할 수 있다는 것이다. 그 추운 겨울 아침에 더위를 논한다는 것이 어색할 수 있지만 사실 달리기는 더위와 땀과의 기세 싸움이기 때문이다.

여름날의 후덥지근한 달리기는 운동복을 벗어던지고 싶을 만큼 끈적거리는 더위와 함께 뛰어야 한다. 조금만 뛰어도 숨이 턱턱 막혀서 체력 소모가 크다.

하지만 겨울은 다르다. 여러 겹을 겹쳐 입어도 답답하지 않다. 처음 한 바퀴는 너무 추우니 살살 뛰게 되고 자연스럽게 워밍업이 된다. 겨우내 움츠렸던 꽃이 물을 맞을 때처럼 개화하게 된다.

그리고 두 바퀴는 속도를 부친다. 혹시 찬 공기가 입으로 들어올까 봐 조심조심하면서 다리를 훌쩍 디뎌 본다. 조금 훈훈해지면서 몸이 풀린다.

세 번째 바퀴는 내가 원하는 속도로 기름칠된 몸으로 달릴 수 있다. 송골송골 땀이 맺히지만 덥지 않다. 추위를 잊게 된다. 이 순간 가장 행복한 몸이 된다. 원하는 대로 원하는 만큼 뛸 수 있다. 헉헉거리는 숨에 찬 공기가 들어오면 반갑다. 더 들이켜고 싶어 숨을 훅! 그리고 후! 발바닥으로 내뿜는다.

추위와 걷고 눈과 달리며 아침을 맞이하면 어느새 귀 밑의 땀이 얼어있다. 큰 숨 한 번에 폐까지 차는 차가운 공기에 기분이 좋다. 살아있음을 느낀다. 패딩 입은 사람들 틈에서 가벼운 차림을 한 내가 괜스레 멋있는 것 같다. 꾹 눌러쓴 모자와 장갑들이 거친 숨을 몰아 쉬며 뛰는 나를 쳐다보는 시선이 좋다.

난 겨울에도 뛸 수 있거든. 단 5분만 춥지, 그 뒤는 놀라우리만큼 멋진 상쾌함이 있거든.

눈이 오는데 왜 뛰어? 가 아닌 뛰는데 눈이 왔던 거다.

이쯤 해서 알아보는 겨울 러닝 깨알 팁 4종 세트

1. 겨울 러닝은 장갑과 두툼한 양말이 필수

- 손가락, 발가락까지는 열전달이 잘 안돼서 따뜻하게 해 줘야 해요.
- 기모 장갑도 추워지면 스키 장갑으로 레벨업 시켜주세요!
- 겨울 운동화를 따로 사도 어차피 발끝은 시리습니다. 운동화 살 돈으로 두툼한 축구양말을 하나 더 사 주세요! 두툼한 양말을 신

는 것이 발바닥 근육에도 훨씬 안정적이랍니다.

2. 겨울바람을 막아내는 것이 관건

- 옷은 반팔 - 바람막이 - 외투 3중으로 입고 뛰다가 하나씩 벗어 젖혀야 해요.
- 그동안 타이즈만 입었다면 타이즈 + 얇은조거팬츠 궁합도 참 좋아요. 바람을 막아야 합니다!

3. 운동 끝나면 땀 식기 전에 얼른 다시 입어줘야 감기에 걸리지 않아요.

- 땀이 식으면 금방 체열을 빼앗아가거든요. 땀이 식기 전에 집까지 뛰어가는 것도 방법이겠죠?

4. 겨울에는 마스크를 끼고 뜁니다.

- 원래도 찬 공기를 크게 들이마시면 기관지에 안 좋으니 마스크를 끼고 달렸는데 이젠 꿀팁 아닌 생활이죠?

안 달려본 사람이라면 영원히 알 수 없는 겨울 달리기의 매력. 우리 러너들은 일상생활에서도 추위가 두렵지 않아요. 걷다가 추우면 달립니다.

아침이 후끈하면 하루가 후끈해져요. 겨울에도 함께 뛸까요?

※ 눈이 언 땅에서는 절대 뛰지 않아요! 1, 2월엔 시즌오프를 합니다. 한계를 뛰어넘을 생각은 없고 결국 건강하려고 움직이는 거니까요!

주임따리의
달리기대회 개최기

2020년 2월, 코로나라는 바이러스가 이제 막 우리의 삶을 위협하기 시작할 무렵 우리는 모두 순번에 맞게 줄을 서서 마스크를 사기 시작했다. 오프라인 행사가 취소되고, 대한민국이 멈춘 것만 같았다.

마라톤 대회도 마찬가지로 예외는 아니었다. 수 백, 수 천 명의 러너들이 모이는 경기를 강행한다는 것은 그야말로 사회 1면에 나올 만한 일이기에 1년을 기다려왔던 대회들이 모조리 취소되었다. 사실 마라톤대회 취소는 러너들에게 재앙과도 같은 일이기도 했다. 달리기를 꾸준히 하기 위해 대회부터 신청하는 러너들이 많이 있기 때문이다. 나 역시 대회가 있을 때만 달리기를 연습했던 초보 러너 중 한 명이었다.

더군다나 겨우내 춥다는 핑계로 달리기를 게을리했기에 취소된 대회가 괜히 더 아쉬웠다. 날이 풀리는 만큼 몸을 움직이고 싶었지만 대회가 없다는 핑계로 집에서 뒹굴 거리기를 한 달, 좀이 쑤셨다. 그리고 문득 든 생각. '달리기 대회가 취소되었다면 내가 여는 것은 어떨까?'

사실 회사에 갓 입사했을 무렵 회사의 지원으로 아산에서 가장 유명한 이순신마라톤 대회를 공짜로 출전한 적이 있었다. 누군가와 함께 달리기 대회를 나가는 것은 처음이었지만 공짜니까 가릴 것이 없었다. 잘 모르고 어색한 회사 선배님들이라 부담스럽기도 했으나 오히려 딱딱한 회사사람이라고만 생각했던 분들을 밖에서 보니 신기하기도 하고 인간미가 느껴졌다. 또 운동을 한 뒤 기분 좋게 상기된 얼굴로 서로 성취감을 나누며 웃는 것도 좋았다. 특히 끝나고 짜장면을 먹으며 대선배님들과 뒷풀이를 했던 기억이 얼큰하게 남아있었기 때문에, 한 번 더 회사에서 달리기 대회를 나가면 좋겠다는 생각도 내심 가지고 있었다.

그러나 손꼽아 기다리던 대회뿐만 아니라 사적 모임 금지로 인해 조심스러운 행동과 침체된 분위기가 회사 곳곳에 느껴졌다. 집에만 있다 보니 커지는 우울함에 지난 해처럼 특별하고 재미있는 것들이 있다면 좋을 것 같았다. 작년의 이순신 대회처럼 올해도 한 번 더 해 볼 수는 없을까?

그렇게 3월 말, 그 당시에는 용어부터 생소했던 '비대면 달리기대회', 나 홀로 건강마라톤을 개최하기로 하였다. 그것도 무려 회사에서 말이다.

그런데, 대회를 열기로 마음은 먹었지만 사실 나는 내 업무조차 숙달을 못한 조무래기에 불과했다. 더군다나 새롭게 옮긴 팀에서 아직 자리도 제대로 못 잡은 새내기이기도 했다. 겁이 났다. 이 코로나 시국에 이렇게 달리기 대회를 열어도 되나? 공개적으로 같이 달리기를 하자고 홍보하고 다녀도 되나? 그리고 내가 뭐라고 이런 대회를 연다고 생각하면 어떡하지? 무서웠다. 그런데 무서운 만큼 또 흥분되기도 했다.

당시 비대면이라는 것이 활성화 되어있지 않을 때여서 직접 모이지 않아도 함께 운동을 할 수 있다는 것이 새로운 개념이었기 때문이다. 각자 인증을 하면 같이 뛴 것 같은 효과가 있기도 했고 방역수칙도 준수할 수 있었다. 사람들을 독려해서 이전과 같은 활기찬 분위기를 느끼고 코로나를 이겨내고 싶었다.

살포시 같이 뛰고 싶은 회사동료들을 모으기 시작했다. 아무것도 아닌 내가 왜 이렇게 요란한 일을 벌리는 건지 스스로도 이해할 수 없었지만 “그동안 집에만 있어서 답답했는데 한 번 뛰어보고 싶다”는 분들 덕에 용기가 생기기 시작했다. 전혀 일면식도 없던 선배님이지만 관심을 주시고 신청을 해 주시기도 했다.

그렇게 시작된 JB배 나홀로마라톤 대회.

#뛥니다 #나홀로 #3k #5k #10k

오늘이다 싶을 때 조용히, 아무도 부르지 말고 나와서 뛥니다.

1. 대회 개요

대회일시 : 3.27~4.5(10일)

대회구분 : 3Km, 5Km, 10Km

참가방법 : 1. 거리 별 대회 신청 및 배번표 수령

2. 플100 단톡방에 시작전 인증샷> 도달 후 기록샷(거리 및 시간)

* 신청 및 수령 : 플100 단톡방 및 박채은(010-1234-1234)

2. 시상 개요

시상 항목	선정기준	시상
롱기스트러너	기간 내 가장 많은 누적거리를 달린 1人	당신의 근손실 방지 핫핫핫 핫브레이크
오늘의국가대표	내가 바로 마라토너! 누가 봐도 달리미복장을 갖춘 1人	운동도 멋지게- 고기능 스포츠 양말
코스크리에이터	즐기기 좋은 코스를 소개한 1人	?

아, 마라톤 대회라고 하면 절대 빠질 수 없는 것이 있다. 바로 시상과 상품이다. 많은 참여와 재미를 위해 기간 내 가장 많은 거리를 달린 사람과 본격적인 달리미 복장을 갖춘 사람, 그리고 회사 근처 가장 즐기기 좋은 코스를 소개한 사람에게 각각 시상해 드리기로 했다.

물론 이제 막 회사에 적응하고 있는 주임이기에 사비로 진행하는 것은 불가능했다. 그렇기에 몇 번 달리기 훈련을 같이 했던 팀장님과, 매일 달리기를 한다고 전해들은 실장님께 대회의 참여를 요청 드렸다. 매일 달리신다고 들었는데 이렇게 좋은 기회가 있으니 회사 구성원들과 함께 어울려 활동도 하시라고. 또 상품 찬조도 하시면 팀원들이 더 활기를 얻어

회사 일도 더 재미나게 할 수 있을 것이라고 말이다. 그렇게 현금과 운동용품을 상품으로 얻어내는 등 대회준비가 착착 이뤄졌다.

엄중한 대회였기에 배번호도 빼먹을 수 없다. 각자의 사번에 맞춰 배번호도 제작해 드리면서 순위권에 들고 싶다면 배번호를 부착하고 달린 사진을 인증해 주셔야 한다는 팁도 잊지 않았다. 그렇게 우리회사 사람들은 자신의 사번을 달고 열심히 달려주기 시작했다.

이주 동안 나홀로마라톤 단톡방에는 매일매일 걸어주는 과장님이 계셨다. 알고 보니 걷기대회를 준비하고 계셨다고 했다. 믿을 수 없을 만큼 빠른 속도로 질주하는 주임님도 있었다. 가족과 함께 뛰러 나오신 대리님도 있었다. 어렵게만 생각했던 사수도 주말에 5KM를 몇 번이나 완주해 주셨다.

그리고 실장님도 생각보다 더 빠른 속도로 달리기를 인증해 우리 모두의 박수를 받기도 했다.

나 역시 운영자로써 질 수 없기에 또 열심히 달리기를 했고, 움츠려만 있다가 간만에 기분 좋은 숨가쁨도 느낄 수 있었다. 마지막 날에는 각자 집에서 맥주 1캔씩 사 놓고 뒷풀이 사진을 인증하기도 했다.

우리 회사 사람들이 이렇게 운동을 즐겼나? 어렵기만 했던 회사동료들의 새로운 면들을 보게 되었다. 서로 호응하고 함께 웃게 되었다.

사실 나에게 회사는 그저 회사일 뿐이었다. 그런데 일이 아닌 다른 즐거움을 나눌 수 있다는 사실을 알게 되었고 생각보다 훨씬 즐거운 경험이었다. 딱딱하게만 여겨졌던 회사에서 많은 동료들과 특별한 활동을 해 볼 수 있는 기회가 되었다. 신참내기인 내가 이런 일을 벌여도 되는가에 대한 걱정을 집어넣었더니, 경험이 되었고 앞으로 이런 기획을 할 수 있을 거라는 자신감도 생겼다.

그동안 나는 스스로를 주임따리라고 불렀다. 보잘것없거나 하찮은 사람을 뜻하는 따라지를 줄인 말로, 스스로도 주임 밖에 안 되는 내가 뭘 할 수 있겠느냐고 생각해 왔었다.

그런데 나도 할 수 있는 것들이 있었다. 스스로 자격이 안 된다고, 내가 나서기엔 부족하다고만 여겼다면 60번대 실장님부터 400번대 후배님까지 함께 어우러진 달리기대회는 열리지 않았을 것이다. 신참 주제에 해도 되는지 걱정할 필요가 없었다. 나라서 할 수 있었던 것이었다.

자격이 되는지 무서워만 하지 말자. 내가 혹시 유난 떠는 것은 아닐까 두려워하지 말자. 시도는 경험이 되고 자신감이 되고 결국 자격이 될 테니까 말이다.

끝으로 주임따리의 달리기 대회에 참여해 주신 임직원 여러분들께 감사의 인사를 전합니다. 올해부터는 박대리의 달리기 대회가 개최될 예정이니 많은 참여 부탁드립니다.

함께 뛰는 건
자신 없지만

열정의 피가 흐르는 만큼이나 개인적 성향으로 무장한 ENFJ로써, 함께 달리는 것은 정말 설레지만 부담스러운 일이다. 시간도, 페이스도 맞춰야 할 것이 참 많기도 하기에 대부분의 날은 자유롭게 홀로 달린다. 원할 때 언제든 나갈 수 있고, 나만의 속도로 달릴 수 있는 훈련이 나에게 딱 맞는 달리기임이 틀림없다.

그러나 가끔 마음 맞는 사람들과 얘기하다 보면 나도 모르게 신나서 달리기 약속을 덥석 잡고 만다. 달리기 루트는 어디로 하지? 함께 달리자고 말하는 순간부터 설렘과 걱정이 공존하기 시작한다. 처음 달리는 사람들도 있으니 오르막

길이 적당하면서 풍경도 좋은 길에서 달려야 할 텐데, 몇 Km 정도가 적당할지 등등 미리 예상 경로도 짜 본다.

그리고 약속 전 날, 완벽한 내일을 기대하며 저녁은 과식하지 않는다. 속을 가볍게 해야 다음날 달릴 때 배가 안 아프기 때문이다. 또 미리미리 운동복도 챙겨 두고 신을 운동화와 예쁜 양말도 골라 둔다. 약속 시간이 이른 아침이라 혹시나 늦을까 빠르게 숙면 준비도 마친다. 문득, 이렇게 열심히 준비하면서까지 함께 달려야 하는지 헛웃음도 나온다. 그리고 잠들기 전까지 놓을 수 없는 단 하나의 걱정. 나만 너무 못 달리면 어떡하지?

그런데, 나만 걱정이 앞서는 것은 아닌가 보다. 함께 뛰기로 하면 사람들은 누가 먼저랄 것 없이 앞다투어 말한다.

"페이스 몇으로 뛰어? 너무 빠르면 안 돼! 난 런린이란 말이야!"

그렇다! 우리 모두는 혼자 뒤쳐질까 봐 조마조마한 영락없는 달림이들이었다. 약속 당일, 만나자마자 다시 한번 당부한다.

"어제 많이 먹어서 그런지 오늘 잘 못 달릴 수도 있어. 천천히 가자, 편런(funrun) 해야지!"

그러나 걱정은 잠시일 뿐 막상 달리기 시작하면 그 곳이 어디든 얼마나 빠르든 전혀 상관이 없어진다. 내가 달리고 있고 또 옆에 내 친구들이 달리고 있다. 내가 지금 느끼고 있는 바람결을 친구들도 느끼고 있겠지? 내가 느끼고 있는 이 심장박동을 친구들도 느끼고 있겠지!

땅 디디고 박차 오를 때의 단단한 행복을 나만 느끼고 있는 것이 아니라니, 그야말로 기적이다. 조금 뒤쳐지는 친구가 있으면 얼른 스피커를 키워서 신나는 아이돌 노래로 선곡한다.

"파이팅!" 선창하면,

"할 수 있다!" 네다섯 입으로 되돌아온다.

유치한 것 같지만 그 소리에 또 다시 힘이 난다. 이쯤 되면 갑자기 엔도르핀이 돌면서 정신이 번쩍 든다. 지금 꼭 이 순간을 남겨야만 한다. 친구들에게는 따라오지 말라고 이야기 한 뒤 나 홀로 질주해 나간다. 얼른 달려나가 저 멀리서 대기하고 있다가 순차적으로 뛰어오는 친구들을 찍어줘야 하기 때문이다.

런생샷의 비밀은 바로 여기에 있다. 같이 뛸 때 만 얻을 수 있는 박진감 있는 러닝 사진! 달리는 모습을 실시간으로 찍어줘야 하기 때문에 인터벌로 달려나간다. 질주하고 찰칵, 또 질주하고 찰칵! 너무 바짝 달린 탓인가, 금세 힘들어져 촬영을 멈추고 얌전히 달리면 이번에는 다른 친구가 나를 찍어 준다. 카메라 앞을 지나갈 때면 발끝을 세우고 무릎을 번쩍 들어주며 역동적인 자세를 만들어 본다. 동영상 촬영일 수도 있으니 뒤는 돌아보지 말고 동작은 크게, 프로 같은 표정을 유지 해야지. 손목을 들어 러닝시계를 보는 포즈도 잊으면 안 된다. 런스타그램을 정독하면서 배운 필승포즈는 바로 러닝시계를 쳐다보며 달리는 것이기 때문이다. 그렇게 오늘도 런생샷을 건져간다.

그리고 어느새 외치는 마무리 멘트.

"앞으로 500m!"

그때부턴 하나 둘, 하며 입 박자를 맞춰 나가고 박수와 환호성, 시원한 냉수 한 모금으로 달리기를 마무리하게 된다. 다른 사람들과 발 맞춰 달린다는 것은 분명 준비할 것들도 많고 고려할 사항들도 많은 일이다. 그래도 역시 함께 뛸 때만 느낄 수 있는 한정판 굿즈는 놓칠 수 없다.

이번 주말, 함께 뛸까요?

달리들과 함께 한

찰나의 순간들

04

아침에 달리를 찍다

LONGEST
RUN

JB 근육통
힘들어도 울지마라
근손실 난다
생활에 가치를 더하다
JB CORP

00384

WOMEN MARATHON FESTIVAL

안녕하세요. 아달 대장입니다

달리의 시선, 아침에 달리

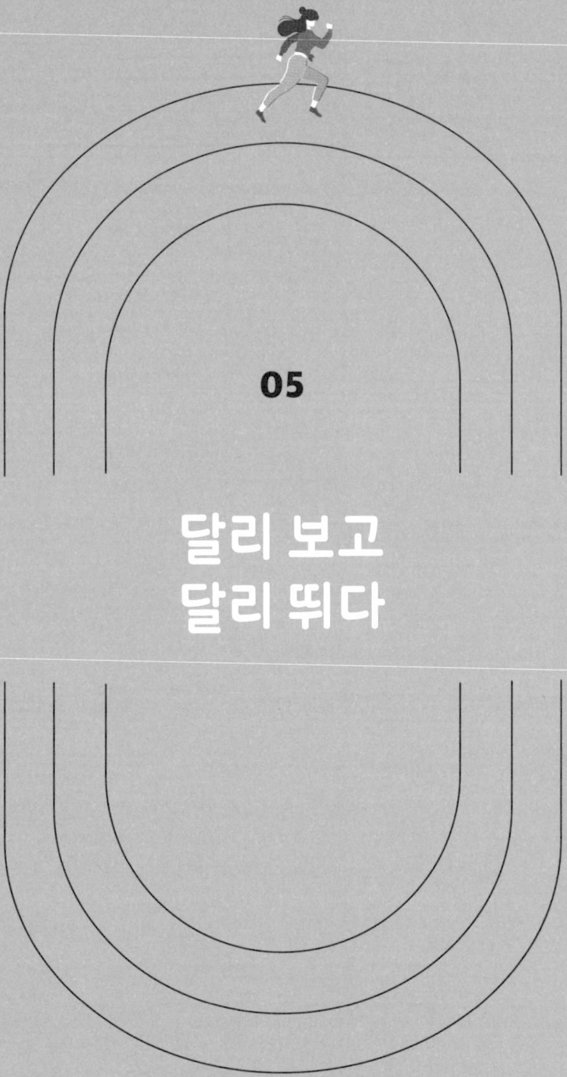

05

달리 보고 달리 뛰다

안녕하세요, 아달대장입니다

나는 대장이다. 아침에 달리는 대장. 그러나 다른 사람들보다 더 잘 달리지도, 더 많이 달리지도 않는다. 내가 대장인 이유는 그저 조금이라도 꾸준히 함께 달리기를 시작했기 때문이다.

2020년 8월, 처음 아침에 달리기를 함께 시작할 사람들을 모집했을 때는 '아무도 신청하지 않으면 어떡하지?'라는 걱정이 앞섰다. 당연한 일이었다. 누가 시키지도 않았는데 새벽 아침을 매일 달리고 싶어 할까? 그리고 누군지도 모르는 나와 함께 뛰고 싶은 사람이 있을지 의문스럽기도 했다. 특히 달리기를 시작하며 인스타라는 것도 시작했기 때문에 시작한 지 한 달, 팔로워도 200명 남짓이었다. 이 200명 중 과연 아침에 달릴 사람이 있었을까?

놀랍게도 있긴 했다. 일주일이라는 모집기간 동안 7명의 사람들이 신청해 주었다. 내 친구 세 명을 넣어서 총 7명.

아침 달리기의 첫 번째 테마는 '확찐자가 될 순 없지.'였다. '20년 8월은 코로나 재확산으로 다시 재택근무가 활성화되고 확진자보다 확찐자가 더 무섭다는 우스갯소리가 나던 시점이었다. 나 역시 코로나가 처음 발발하고 재택근무를 처음 경험했던 '20년 2월, 급격히 불어나는 살을 경험했고 계속 빼지 못하고 있다가 7월에야 비로소 아침에 달리기를 시작하며 겨우 원상복구시킬 수 있었다. 때문에 이번에는 절대 다시 살찌지 않으리, 꼭 활동량을 채워서 유지는 하고 말리라 하는 의지가 불타오르고 있었다. 아래와 같은 진심이 담긴 함께 뛰자는 메시지를 담고 포스터도 만들었다.

안녕하세요, 아침에 달리입니다. 코로나 재확산세로 다시금 외부활동이 자제된 지금, 사회적으로도 안전하고 스스로도 안전할 수 있는 '확찐자가 될 순 없지' 프로젝트를 진행하려 합니다.

지난 7월로 거슬러 올라가, 제 첫 달리기 피드는 바로 7월 4일부터 시작합니다. 왜냐면 코로나로 멈췄던 운동을 7월부터 다시 시작했거든요. 그로부터 두 달이 지난 지금... 저는 그때 쪘던 2kg을 다 뺄 수 있었어요. 애초에 집에서 일한다고 마구 먹지 말걸, 헬스장이 문 닫았다고 운동 그만두지 말걸, 후회는 늦었고 이번엔 정말 확찐자가 될 수 없죠.

빼지는 못하더라도 유지는 해야 하잖아요, 몇 달간 뛰고 걸어보니 일주일에 20km를 달리면 빠지고 15km를 달리면 유지가 되더라고요. 그래서 매일 3k 이상씩 같이 뛰고 걸을 분들을 모집합니다.

아침에 하는 이유는, 저녁은 항상 일이 많으니까. 야근을 할 수도 있고, 약속이 있을 수도 있고, 아가를 돌봐야 하기도 하니까 나만의 온전한 시간인 아침시간을 이용하여 운동을 합니다. 힘들게 혼자 하다 포기하기 싫어서 만든 프로젝트입니다. 같이 하면 해 낼 수 있어요, 인증만 해도 확찐자가 되지 않아요!
아침 에너지와 활력은 숨겨진 선물입니다!

사실 자신은 있었다. 확찐자 탈출은 내가 이미 성공해 봤기 때문이다. 그뿐만 아니라 코로나 블루도 극복해 냈고 오히려 아침 에너지와 활력을 얻었기에 다른 사람들에게도 이러한 기쁨을 줄 수 있을 것이라는 확신이 있었다. 나는 단지 아침 달리기의 성공을 앞으로도 쭉 이어가고 싶었을 뿐이다. 지속하기 위한 가장 힘은 서로 의지하며 함께 하는 것이기에 여러 사람들과 함께 할 수 있는 공간을 만들고 싶었다.

하지만 두렵기도 했다. 내가 사람들을 잘 이끌 수 있을까? 이 인스타 계정은 회사 사람들, 친구들도 볼 텐데 너무 관종 같지 않을까? 이런 포스터를 만들고 홍보하는 것에 뒷 말이 나오면 어떡하지? 큰 효과도 없이 제대로 운영도 못하고 흐지부지 끝나게 되면 창피해서 어떡하지?

다른 사람들을 향해 함께하자는 말을 건네는 것에는 큰 용기가 필요했다. 내가 느낀 에너지를 다른 사람들에게도 전해주고 싶었다. 특별한 하루를 알려주고 싶었다.

모집글과 그림은 다 만들어 둔 채 새벽까지 게시글을 올릴지 말지 망설였다. 그리고 침 한 번 꿀꺽 삼키고 게시 버튼을 눌렀다. 본 적도 없는 사람들에게 내 생각을 전한 것도, 모르는 사람들에게 메시지를 받은 것도 처음이었다. 그렇게 아침에달리는 시작되었다.

11개월이 지났고, 열한 번의 아침에달리가 꾸준히 진행되었다.

최초의 2주 달리기를 넘어 한 달을 달리, 겨울을 달리, 산

타와 달리, 2021 함께 달리까지 처음의 두려움이 무색할 만큼 쭉쭉 이어 달리게 되었다.

처음의 7명은 친구들을 다 빼고도 10명이 훌쩍 넘게 되었고, 너무 많이 참여하면 관리가 어려울 것 같아서 지금은 단 하루의 모집일만 오픈하여 10명 내외의 달리들과 매일 아침 뛰고 걸으며 소통하고 있다.

사람들은 나를 아달대장이라고 부른다.

나는 대장으로서 꾸준히 함께 걷고 뛸 수 있도록 리프레시 데이와 같은 이벤트를 개최하고, 개별 점검, 아달 캘린더를 만든다.

대장이 아니었다면, 떨림을 무시하고 최초에 함께 달리자

고 권유하지 않았더라면 나는 아마 한 달에 한 번 뛰면서 뛰고 싶다는 마음만 가득한 입만 달리는 러너였을 것이다.

고백하자면 여러 이벤트도 내가 계속 뛸 수 있게 힘을 주는 이벤트였다. 아달리 캘린더도 내가 한 달 뒤에 남기고 싶어서 만든 인스타용 자랑거리였다. 혼자였으면 구멍 난 날들이 많았겠지만, 함께 만들었기에 매일이 채워진 아달리 캘린더가 되었다.

가장 의지력이 약하고 아침에 게으른 대장이 여기 있다.

그래도 매일 아침 꾸준히 나올 수 있던 힘은 역시 대장이 주는 무게와 가오 때문이 아닐까?

뛰기 싫은 날?
정상입니다

매일매일 하루도 빠짐없이 열정적인 사람은 없다. 매일매일 운동이 즐겁다면 그건 정말로 변태가 분명하다.

뛸 때가 즐거운 날들이 있고 또 그렇지 않은 날들이 있다. 안 뛰어지는 날에 억지로 하기보다는 뛰는 리듬을 길게 가져가면 된다. 이번주만 달리는 사람은 아니니까 말이다.

나도 사람이고 쉬고 싶다는 것은 자연스러운 마음이라는 것을 인정하면, 길게 볼 때 비로소 나는 뛰는 사람이 된다.

여름의 아침에 달리는 것은 수월하다. 밝은 새벽 아침, 햇살이 뜨거워지기 전에 후딱 뛰고 와야 하기 때문에 일어나는 몸도, 나가는 마음도 가볍다. 반면에 겨울 아침은 쉽지 않다. 추위도 추위이지만 7시에도 칠흑같이 깜깜하다. 특별한 하루를 만들기 위한 첫 시작은 아침 같지 않은 어둠에서 시작한다. 나가도 되는 건지 의구심이 들기도 하고 거센 바람을 내 연약한 다리가 이겨낼 수 있을지, 건강해지려 운동하는 건데 이러다 추위에 스러지지나 않을지 걱정도 된다.

아니, 사실 이 모든 것은 핑계이다. 세상이 얼마나 좋은데 캄캄한 어둠 속은 동트기 전까지 가로등이 지켜주고, 살을 에이는 듯한 추위는 스키 장갑과 바람막이 외투로 충분히 커버 가능하다.

문제는 내 마음이다. 처음의 의지 불끈했던 아침이 귀찮음과 막막함으로 사그라들게 된다.

그런데 이 아침운동의 의지를 고작 하루의 의지가 아닌 꾸준한 아침에달리 레이스로 이어가고 싶다면 쉬고 싶은 날들을 인정하는 것부터가 시작하면 된다. 매일매일 하루도 빠짐없이 열정적인 사람은 없다. 나도 사람이고 쉬고 싶다는 것은 자연스러운 마음이라는 것을 인정하면 된다.

과연 나만 귀찮았을까?

의지가 약한 것이 나만의 문제였다면 이렇게 모여서 강제적으로 같이 걷고 달리는 모임이 활성화될 수 없었을 것이다. 어쩌면 그동안 못 쉬었기 때문에 오히려 몸의 반발감으로 쉬어야 한다는 마음이 들 수 있다. 이런 날은 정말 푹 쉬어주고 따뜻한 이불에서 잘 쉬고 있음을 한껏 느껴주면 된다. 기꺼이 나가고 싶은 마음이 들 때 즐겁게 나가서 아침운동을 하면 된다.

몸은 정직하다. 내가 쉬어야 할 때는 쉬게끔 마음을 이끈다. 모든 아침운동의 시작은 정신력이 아니라 전날의 수면시간이 결정한다. 정신력으로만 아침시간을 주도할 수 있다면 나같이 유약한 사람은 절대 아침에 일어날 수 없었을 것이다.

보증금을 걸어 이틀 이상 쉴 수 없게끔 페널티를 부여하고 또 서로 격려하는 분위기 속에서 나만 안 달리면 약간의 쑥스러움이 동반되게끔 아침에 달리라는 강제적 환경을 세팅했다. 그리고 가장 중요한 수면시간을 확보하고 나면 자연스럽게 눈이 떠지게 된다.

아침 30분은 뛰기 위한 시간이라고 만들어 두었고, 나는 그 시간에 존재했기에 아무 생각 없이 그저 뛰러 나가면 되는 것이다.

문제는 매일 달리기가 즐겁지 않을 수 있다.

이것도 정상이다. 환경은 잘 구축되어 있고 그 시간에 자동화된 시스템처럼 달리러 나가면 되는데 무기력해진다. 당연히 그럴 수 있다.

우리 아침에달리들도 매일 뛰고 걷지만 매일 즐겁고 행복하게 문 밖을 나서지는 않는다. 아침운동이 갑자기 힘들게 느껴질 수 있기에 서로 내일 어떻게 뛰고 걸을지, 각자의 즐거운 운동법을 공유한다.

아침에 달리들의 무기력을 이기고 즐겁게 문밖을 나서는 세 가지 방법은 다음과 같다.

1. 뛰기 말고 듣기

만장일치의 비법이다. 가장 좋아하는 노래들로 플레이리

스트를 만들어두고 운동이 목적이 아니라 신나는 노래를 듣기 위해 걷고 뛴다.

또는 요즘 관심 가는 유튜브를 들으면서 아무 생각 없이 달린다.

운동의 재미를 위해 듣는 것이 아니라 듣고 싶고 즐기고 싶은 노래를 위해 걷고 뜀으로서 운동의 부담감을 내려놓는다. 그리고 나면 땀이 살짝 흐르고 즐겁고 개운해진다라는 생각이 다시 들게 된다.

2. 새로운 코스 탐험

매일 같은 코스를 돌면 권태로워질 수 있다. 때문에 새로운, 가보지 않은 길에서부터 뛰기 시작한다. 이때는 운동이 아니라 생존이 목적이 된다. 무사히 코스를 찾아 돌아와야지만 출근시간에 늦지 않을 수 있다. 가끔 길을 잃어서 지각할까 봐 전속력으로 달리게 되면, 쿵쿵 뛰는 심장이 살아있음을 느끼게 해 준다. 지각의 초조함과 심장의 과부하는 스트레스 받던 요즘의 것들이 크게 중요하지 않았구나, 라고 깨닫게 해주는 찰나의 평화를 가져다준다.

가볍게는 원래 다니던 코스를 역으로 도는 것도 좋은 방법이다. 왼쪽 다리를 많이 쓰는 코스였는데 오른쪽 다리를 많이 쓰게 되어 괜히 몸이 정렬되는 기분도 든다.

3. 일단 먹기

원인과 결과가 반대가 된 것 같은 모순적인 해결법이라 의아할 수 있지만 놀랍게도 일부러 야식을 먹고 맥주를 들이켜고 현상유지를 위한 다이어트용으로 아침 러닝을 하는 러너도 있다. 나 역시 일반적 아침 달리기도 좋지만 유난히 해장런을 즐기는 편이다. 아니 필수로 하려고 한다.

어제 많이 먹으면 운동이 지루해질 수 없다. 나가야만 한다. 어제 먹은 칼로리들을 모두 빼내야 한다. 긴박함이 몰려온다.

비슷하게는 아침 몸무게를 재고 몇 키로 이상이면 나가서 뛰고, 이하면 걷거나 안 나간다는 엄청난 자기 관리 달리기 방법도 있었다.

아침에 못 일어나거나 뒹굴거리다가 운동을 못하게 되었을 때, 내가 의지가 약하고 못난 사람인 것이 아니다. 매일 달리는 사람들도 누구나 겪을 수 있는 순간들이다. 뛸 때가 즐거운 날들이 있고 또 그렇지 않은 날들이 있는데, 안 뛰어지는 날에 억지로 하기보다는 다른 재미요소를 넣거나 열심히 걸으면서 그냥 뛰는 사람, 뛰는 리듬을 길게 가져가면 된다. 이번주만 달리는 사람은 아니니까 말이다.

길게, 길게 봐서 우리는 역시 아침에 달리이다.

겨울잠을 이겨내고 드디어 나온 날.

뛰기 싫은 날은 푹 쉬고 뛰었던 날들을 연결하니 여전히 나는 뛰는 사람이었다.

운동을 못하는 운동회

학창 시절 이후 운동회라는 것 참여해 본 사람? 단체줄넘기나 수건 돌리기의 마지막 기억은 언제였나요?

그날도 얌전히 회사에서 키보드만 타닥댔다. 야속하게도 날은 너무 좋았고 좀이 쑤셔 견딜 수가 없었다. 그 옛날 초등학생 때는 이맘때쯤 산에 올라가서 보물 찾기도 하고 청군, 백군 나눠서 박터뜨리기도 했었는데, 고민 없고 행복했던 때가 그리워졌다. 중학생 때는 그렇게 체육시간마다 피구를 하고 또 피구를 했다. 여자애들이 할 수 있는 스포츠가 그때는 피구뿐이었다.

고등학교 진학 후에는 체육시간이 사라졌다. 우리는 체육시간에 모의고사를 풀었다. 그리고 졸업 이후에는 땀을 흘리는 것은 죄악이었다.

무료함에 업무는 잠시 제쳐두고 "피구 하고 싶다!" 라고 중학교 시절 단짝 친구들에게 갑작스레 말했다.

그런데 이게 웬일인가, "발야구하면 재밌겠다!" 라는 화답을 해 주었다. 하지만 우리는 알고 있었다. 졸업 이후에는 둘, 셋씩 단짝들만 모이기 때문에 같이 단체운동을 할 수 있는 친구가 없다는 것을.

이미 추억이 우리를 덮쳤고, 일단 진행해 보기로 했다.

"각자 단짝 친구를 세 명씩 꼬셔오자. 그럼 12명이니까 발야구도, 피구도 모두 가능하잖아."

마치 동창회 같았다. 중학생 때의 체육시간 같은 느낌이 들었다.

"아예 진짜 운동회처럼 피구도 하고 계주도 하는 건 어떨까?

그러나 우리는 현실을 알고 있는 직장인이기도 했다.

"사실 그때도 그랬지만 지금도 우리는 운동을 잘 못해. 그러니까 잘 못하더라도 재밌게 즐길 수 있게 종목을 구성하자."

빠릿빠릿한 직장인이었던 우리는 그렇게 곧바로 '운동을 못 하는 운동회'라는 현수막을 제작했다. 역시 행사하면 현수막이지!

장소는 여의도 한강공원. 대인원이 아니어서 사전예약은 필요 없었다. 개회사도 준비하고 일정표도 약도도 모두 짜서 친구들에게 결재요청을 했다. 회사에서의 행사 준비는 어찌나 재미가 없던지 하루 종일 고민하고도 행사 개요/목적도 다 작성하지 못했었다. 하지만 우리의 운동회는 달랐다. 바로 롯데리아에 햄버거 세트를 예약했다. 블루투스 마이크도 준비했다. 운동회 종목은 수건 돌리기, 줄다리기, 배드민턴 등.

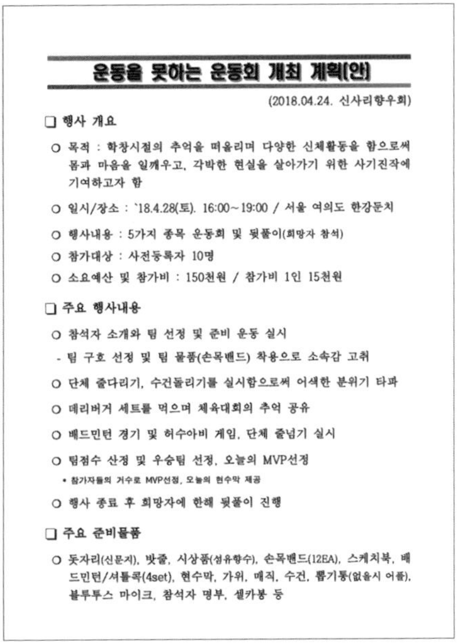

운동을 못하는 운동회 개최 계획(안)

(2018.04.24. 신사리향우회)

❑ 행사 개요

- 목적 : 학창시절의 추억을 떠올리며 다양한 신체활동을 함으로써 몸과 마음을 일깨우고, 각박한 현실을 살아가기 위한 사기진작에 기여하고자 함
- 일시/장소 : `18.4.28(토). 16:00~19:00 / 서울 여의도 한강둔치
- 행사내용 : 5가지 종목 운동회 및 뒷풀이(희망자 참석)
- 참가대상 : 사전등록자 10명
- 소요예산 및 참가비 : 150천원 / 참가비 1인 15천원

❑ 주요 행사내용

- 참석자 소개와 팀 선정 및 준비 운동 실시
  - 팀 구호 선정 및 팀 물품(손목밴드) 착용으로 소속감 고취
- 단체 줄다리기, 수건돌리기를 실시함으로써 어색한 분위기 타파
- 데리버거 세트를 먹으며 체육대회의 추억 공유
- 배드민턴 경기 및 허수아비 게임, 단체 줄넘기 실시
- 팀점수 산정 및 우승팀 선정, 오늘의 MVP선정
  - 참가자들의 거수로 MVP선정, 오늘의 현수막 제공
- 행사 종료 후 희망자에 한해 뒷풀이 진행

❑ 주요 준비물품

- 돗자리(신문지), 밧줄, 시상품(섬유향수), 손목밴드(12EA), 스케치북, 배드민턴/셔틀콕(4set), 현수막, 가위, 매직, 수건, 뽑기통(없을시 어플), 블루투스 마이크, 참석자 명부, 셀카봉 등

당시 운동회 개최 기획(안). 직장인은 이렇게 논다.

이제 섭외가 문제였다. 서로의 친구는 잘 몰랐기에 설레기도 했지만 혹시나 참여가 어려울까 걱정되었다. 역시나, 결혼한 친구들이 많기도 했고 특근 때문에 못 오는 친구들도 있었다. 초등학교 때부터 대학 동창까지 모든 친구 리스트를 뒤져서, 그리고 친언니까지 총 10명의 친구들이 모였다.

하나 놀라웠던 사실은, 불가피하게 못 오는 친구들도 운동회가 너무 재밌겠다며, 다음을 기약하며 진심으로 아쉬워했다. 다들 학창 시절 땀 흘렸을 때를 그리워하는구나. 나만 그리워하는 게 아니었다. 운동과 멀어진 우리들을 위해 총대 매길 잘했다는 생각이 들었다.

그리고 운동회 당일, 후원상품까지 든든히 챙겨서 한강으로 모였다. 인디언핑크팀과 스카이블루팀으로 팀을 나누고 팀 구호를 선정했다. 팀 별 표식으로는 끈으로 된 머리띠를 나눠주었고 각자의 개성에 맞게 목에 두르기도, 팔찌로 만들기도 하였다.

가장 인기 있는 아이돌 노래로 수건 돌리기도 했다. 오래간만에 느껴보는 조마조마함이었다. 내 뒤에 수건이 놓여 있을까 긴장되다가도, 술래를 잡으러 마구 뛰니 웃음이 비실비실 새어 나왔다. 현수막까지 제대로 달아놓고 줄줄 땀을 흘리며 움직여 대니, 지나가던 사람들이 이게 무슨 행사인지 물어보기도 하였다.

드디어 운동회의 하이라이트인 줄다리기!

아주 길고 두꺼운 줄을 주섬주섬 꺼내니 탄성이 나왔다. 네 명씩 양 끝에 붙어서 힘을 겨뤘다. 진 팀이 배달된 햄버거를 먹을 수 있게끔 준비해야 했기에 열정적으로 매달렸다.

이런 역동적인 재미는 정말 오랜만이었다. 느껴본 적이 없었다. 그리고 모두가 원해서 하는 운동회였기에 적극적이어서 승부욕이 무섭기까지 하였다. 이렇게 열심히 참여할 줄 몰랐지만 다들 목숨을 걸었다. 각자 초면인 친구들도 많았지만 살을 맞대니 금세 친해져 버렸다.

우리, 원래 이렇게 움직이는 것을 좋아했던가?

믿기지 않는다는 말을 계속하면서도 다들 못해도 너무 못하니 더 우스꽝스러운 자세가 나왔다. 배드민턴 단체전은 무려 4:4전 육탄전이 벌어졌다. 심판이 셔틀콕을 좇지 못해 점수는 각자의 양심에 맡길 수밖에 없었다.

어느덧 해가 지고 7시가 훌쩍 넘어 모든 경기가 끝났다. 이대로 가기 아쉬워 한강에 눌러앉아 치킨을 시켰다. 그리고 오늘의 MVP를 뽑아 소감을 쓴 현수막을 기념품으로 줬다. 우리 언니였다. 그렇게 도시 여자 같던 언니가 모든 경기를 황소처럼 임해서 MVP를 거머쥐게 되었다.

모든 참여자들에게는 다음 행사 '그림을 못 그리는 사생대회'의 우선 선발권을 부여했다. 우승팀에게 나눠 준 미스트 상품보다 사생대회 참여권을 더 좋아하다니, 오늘 운동회는 성공적이었던 것 같았다.

우리도 마음속에는 움직이고 싶어 하고 열정을 풀어내고 싶어 한다. 그동안 기회가 없고 서로 모이는 환경이 어려워서 하지 못했을 뿐이었다.

재미로 시작한 운동회였지만 이를 통해 운동은 하고 싶지만 소극적인 20대 여성들에게 단체 체육활동의 기회를 제공하고 싶었다. 또래 친구들과의 화합 및 지속적 체육활동의

❏ 진행 일정

구 분	시간	내 용	비 고
~ 16:05	-	◦ 참석자 명부 작성 및 팀 표식[1] 배부	여의나루역
16:05 ~ 16:30	25분	◦ 개회 및 참석자 소개[2](10') ◦ 팀 및 팀 구호 선정(10') ◦ 기념촬영 및 준비운동(5')	진행(박채은) 준비운동(오정원)
16:30 ~ 16:50	20분	◦ 단체줄다리기 룰 소개 및 회의(5') ◦ 단체줄다리기 3회 실시(15')	진행(오정원)
16:50 ~ 17:10	20분	◦ 수건돌리기[3] 3~5회	진행(박수지)
17:20 ~ 17:50	30분	◦ 맛있는 간식 ◦ 기념촬영	롯데리아 데리버거
17:50 ~ 18:20	30분	◦ 자유연습(10') ◦ 배드민턴 단체전[4](15') ◦ 배드민턴 개인전(5')	진행(오정원)
18:20 ~ 18:40	20분	◦ 허수아비 게임[5]	진행(박수지)
18:40 ~ 19:00	20분	◦ 단체줄넘기 소개 및 팀 연습(10') ◦ 단체 줄넘기 3회(20')	진행(박채은)
19:00 ~ 19:20	20분	◦ 시상 및 폐회 ◦ 소감쓰기 및 기념촬영	우승팀/MVP 선정 상품 : 꼬마허사비 후원
19:20 ~	-	◦ 뒷풀이	희망자 인근 식당

열성적으로 준비했던, 오차 없는 일정표

계기를 마련해 주고 싶었다. 운동이라는 것이, 단체 활동이라는 것이 그렇게 멀게 느껴지지만은 않았던 하루였다.

그렇게, 20대 후반 여자들의 운동회가 막이 내렸다. 같이 진행했던 친구들은 결혼을 했고, 참여했던 친구들은 육아전쟁 중이다. 그럼에도 불구하고 지금도 종종 전화가 온다, 우리 가을 소풍은 언제 하냐고.

그림을 못 그리는 사생대회

꽃 비가 내리는 5월이면 어김없이 사생대회가 열렸다. 그리고 늘 교복을 입던 우리는 공들여 사복패션을 준비했다. 사복을 입었을 때의 반전 매력을 증명하고 싶어 안달이 나 있었다. 일주일 내내 고심하다가도 고민이 길어져 급하게 동대문 밀리오레에 가서 사생대회용 옷을 사 오기도 했다. 그리고 말했더랬지, “원래 있던 옷이야.” 나는 원래 멋진데, 교복에 가려져있었을 뿐이라는 우리들이 모여 한껏 요란을 떨었다.

학교 밖으로 하루 나가는 것이 뭐가 그리 대수일까 싶지만, 그날만큼은 틀에 박힌 수업 시간이 아니라 우리끼리 자율적으로 집결지로 향하고 또 원하는 친구들과 도란도란 둘러앉아서 수다도 떨었다. 그림을 그리며 수다를 떨고 또 시를 짓다가 맛있는 유부초밥을 먹던 그 순간의 바람결 하나까지도 또렷이 기억되던, 사생대회 날이었다.

놀멍쉬멍 하릴없이 보내다가도 또 진지하게 어떤 그림을 그릴지 주제를 고심했고, 그림에 자신 없던 아이들은 백일장 부문을 선택해서 열심히 연필을 굴렸다. 우리는 그냥 오늘 노는 거야! 라고 서로에게 말하며 쉴 새 없이 떠들었지만 또 집중하면서 작품을 완성시키려 애쓰는 우리들이 있었다. 열심히 하는 모습은 민망하지만, 또 상을 받는다면 내 예술적 감각과 재능을 인정받는 것만 같아 어깨에 뽕이 한껏 들어갔다. 사생대회는 작품을 제출하고 바로 결과를 알게 되는 쫄깃쫄깃한 실시간의 묘미가 있었기 때문이다.

그리고 우리가 언제 이런 시간을 가져봤더라…?

대학생 때는 원할 때 놀러 갈 수 있었다. 바람이 좋으면 좋은대로 나갔고, 햇살이 따뜻하면 따뜻한 대로 나갔다. 그리고 노래를 듣고 목적 없는 여유를 즐겼다. 그리고 회사를 다니면서부터는, 점심시간에 잠깐 나가는 것이 그야말로 행복이었다. 휴가를 쓰고 놀 때면 어디 특별한 곳에 특별한 목적을 가지고 나갔기 때문에 또 결이 다른 행복한 바쁨이 있었다.

사생대회의 설렘과 결과 발표의 쫄깃함이 불현듯 그리워졌다. 뿔뿔이 흩어져 만나기 어려웠던 친구들을 다시 만나고 싶어졌다. 그리고 그저 수다만 떠는 것이 아닌, 어떤 하나의 목표를 가지고 놀 면 더 재미있을 것 같았다.

그냥 옛날의 웃고 떠들던 그 시절이 궁금했다. 사생대회, 지금도 해 볼 수 있지 않을까?

늘 그랬듯, 그림 그리는 것에는 자신이 없었다. 친구들도 다 그림은 못 그리는데? 하며 명색이 사생대회인데 부담이 된다고 했다.

그래서 내 멋대로 정한 #뛰고 #먹고 #그리는 "그림을 못 그리는 사생대회"

어느덧 20대 후반인 다 큰 어른들이 모여서 이런 그림그리기 이벤트를 좋아할 것인지 걱정도 되었다. 하지만 걱정은 걱정일 뿐, 개회사도 준비해가며 열심히 행사를 꾸려갔다. 현수막도 만들고 일정표도 짜고 친구들도 섭외했다. 블루투스 마이크는 필수품이었다.

그리고 역시 점심은 햄버거지!

몇 명이 모였을까? 또 정말 무사히 개최해서 친구들이 만족해하며 돌아갔을까? 그리고 과연 그림만 그렸을까? 바로 내가 진행했는데?

10시에 모인 우리는, 6시가 넘어서야 집에 갈 수 있었다.

따뜻한 4월의 토요일, 한껏 설레는 마음에 치장한 우리들은 서울대공원 동물원 속 볕 좋은 바위에 자리를 잡고 돗자리를 깔았다.

모두 서로 알지는 못했고 또 학교를 졸업한 지 거의 10년 만에 만났기 때문에 팀을 나눠 아이스브레이크 타임을 가졌다. 동물원 지도를 들고 상대팀이 원하는 동물들과 함께 인증사진을 찍고 빨리 돌아오는 팀이 이기는 게임을 했다 정말 단순한 게임이었지만 돌아오는 친구들은 모두 달리면서 구슬땀을 흘렸다. 그리고 웃고 있었다.

그리고 싶은 그림을 그릴 수 있도록 크레파스, 수채화, 매직 그리고 점묘화를 위한 색종이 등 여러가지 용품을 꺼냈고 친구들마다 제각각 아이디어를 구상하느라 정신이 없었다. 어린 시절에도 일찍 그림을 끝내고 놀던 친구는 여전히 일찍 다 그려놓고 사진을 찍느라 여념이 없었다.

나는 검은 크레파스를 긁어내는 스크레치기법을 어렸을 때부터 좋아했는데 이번에도 역시 그 방식으로 그림을 그렸다. 긁어서 알록달록한 선들이 나오는 것이 좋아했지만 그동안은 지저분하니까, 굳이 이런 것을 할 필요가 없었다. 나도 10년만에 그려본 그림이었다.

서로의 그림을 구경하면서 햄버거를 나눠 먹고, 수다도 떨었다. 여유로운 벚꽃구경도 했다. 지나가는 어린이들이 우리처럼 그림을 그리고 싶다며 부모님들에게 이야기를 했는데, 도화지는 어디서 받냐고 물어보시는 부모님들에게는 개인적으로 하는 행사라고 멋쩍게 말씀드릴 수밖에 없었다.

몇 시간이 흘렀고, 어느덧 우리 9명의 그림은 완성되었다. 누구 하나 뭐라 할 수 없을 만큼 엉성했지만 또 그래서 기발하고 대견했다.

하지만 어엿한 사생대회이니만큼 엄격한 심사과정을 거쳐 우수작을 뽑아야 했다.

각자 투표용 스티커를 들고 동물원 입구, 그러니까 홍학사 바로 앞 호랑이조각상 앞에 나란히 섰다.

"어떤 그림이 제일 멋진지 투표해 줄 사람!"

크게 한 번 외치니 마법처럼 아이들이 구름같이 몰려들었다. 스티커 더 달라고, 부모님, 친구들까지 데려와 앞다퉈 투표를 해 주었다. 처음에는 나서기 부끄럽다는 친구도 신이 났는지 자기가 그린 그림을 홍보하며 돌아다녔다.

그렇게 폭풍 같은 투표가 끝나고, 우승자에게는 상장을 주었다. 아쉽지만 내 그림은 우수상이었다. 그리고 마지막 단체 사진을 찍고 마무리를 하였다.

동물원 퇴장시간이 가까워지고 있었다. 다시 코끼리 열차를 타고 현실 세계로 돌아왔다.

처음 만나는 친구들끼리 급격히 친해져서 삼삼오오 같은 방향으로 귀가했다. 품에 소중히 상장과 자기가 그린 그림을 들고 있었다.

그리고 지금도 연락이 온다. "나 결혼은 했지만 또 열면 참석할 건데, 올해는 개최하는 것 맞지?"

달리는
4등이 되고 싶어

운동회는 늘 조마조마했고 모두가 참가해야만 하는 단체 달리기는 질색이었다. 떨리는 마음을 감추고 친구들과 옹기종기 차례를 기다린다. 자기가 제일 느리다고 엄살은 부리지만 동시에 서로를 살펴보며 나보다 더 잘 달릴 것 같은 친구를 파악하고 있다. 그리고 여섯 명씩 짝지어 동시에 출발.

늘 그렇듯 나는 결승선이 다가올수록 뒤처졌고, 손등에는 어김없이 4등짜리 도장이 찍어졌다. 초조한 마음을 숨기고 팔다리를 휘젓느라 이렇게 땀이 비질비질 나는데 중간 등수도 못 하다니 창피하기 짝이 없었다.

노력한 티가 나는 4등이 싫었다. 그래서일까? 어느 순간

나는 걷는 6등이 되어 있었다. 더 이상 체육시간에 달리지 않았다. 그저 친구들과 이야기하며 천천히 걸었다. 그리고 6등짜리 도장은 부끄럽지 않았다. 노력하지 않았으니까 괜찮았다. 내가 달렸어도 4등 밖에 하지 못한다는 사실은 아무도 모를 테니까 말이다. 은둔고수처럼 마음먹고 달렸으면 1등일 수도 있다는 가능성을 남겨두고 싶었다.

노력을 많이 하면 창피하고 부끄러운 줄 알았고 노력 대비 결과가 뛰어나야만 하는 줄 알았다. 애를 쓰고도 결과가 뛰어나지 않으면 초라해 보였다. 그런데 달리는 4등이었을 때의 기억은 그 날의 기분, 친구들과의 이야기, 도장의 촉감마저 또렷한데 걷는 6등일 때의 기억은 거의 나지 않는다.

그 때의 나는 비록 4등일지언정 포기하지 않았고, 먼저 들어왔던 아이들과 같이 웃었다. 그래도 넘어지지 않았다며 칭찬했고 시시콜콜하지만 각자가 달렸던 그 순간을 공유했다. 다 끝났다는 후련함에 콜라 한 캔을 나눠 마셨다.

대학생 시절, 학교 응원단을 하고 싶었지만 선발되지 않을까봐 신청조차 하지 않았다. 친구들에게는 시간이 많이 빼앗길 것 같다고 말했지만 사실은 두려워서였다. 하고 싶은 공부가 있었지만 학과 공부가 바쁘다는 핑계로 쉽게 그만뒀다.

사실은 똑똑한 어린 친구들과 함께 공부하는 것이 부끄러워서였다. 혹시 아주 잘 하지 못했어도 꾸준히 따라갔으면 어땠을까?

그 동안 달려야 할지 걸어야 할지 많은 순간들을 선택해야 했고 나는 대부분 걷는 사람이었다. 모든 것들을 내가 가장 잘 할 수는 없으니까 도중에 걸었고, 결국 그 시간들은 나에게 큰 의미가 되지 못했다. 해봤자 안 되는 것을 애쓰지 말자고, 뭐가 달라지느냐고 말하는 사람들도 있다. 그러나 이제는 말할 수 있을 것 같다.

안 될 거니까 안 하면 아무것도 달라지는 것이 없다고.

나는 내 발로 땅을 힘차게 내딛는 느낌이 좋다. 잘하든 못하든 상관없이 땀을 흘리고 그 순간을 기억하고 싶다. 이제는 걷는 6등보다는 달리는 4등을 하고 싶다. 그냥 그게 좋다.

앗! 알고 보니 관종이었습니다

많은 사람들이 그렇듯, 나 역시 수줍음이 많고 단체 활동에서도 나서지 않는 편이다. 그래서인지 옛날부터 버디버디, 싸이월드, 페이스북도 하지 않았다. 내 얼굴을 주구장창 올리는 것도 부담스럽고 굳이 나를 왜 알려야 하는지 알 수 없었기에 SNS 활동은 귀찮고 나서기 좋아하는 사람들만 하는 일이라고 여겨왔다. 또 방문자 수나 친구 수 등 남들과 비교하게 되니, 어지간히 신경 쓰이는 일이 아닐 수 없다.

어쩌면 친구가 많이 없어서 부끄러워서 점점 더 관심 없는 척했던 것 같다.

그러나, 생각해 보면 나는 관종이었다. 나를 예뻐하는 플랫폼 속에서 나는 관종이었다. 초등학교 때도 관종이었던 것 같다. 초등학교 4학년 때 전학을 갔는데, 금세 활달한 아이들과 친구가 될 수 있었다. 이 친구들과 하교도 같이 하고, 체육 시간에 무리 지어 다니기도 하면서 우쭐하기도 했다. 그러나 한 달쯤 지났을까, 그 아이들은 따로 '핑크티'라는 이름도 예쁜 모임을 만들었지만 나를 끼워주진 않았다. 전학 간 지 얼마 안 되었으니 당연한 일이기도 했지만 괜히 서운하기도 했다. 그리고 나의 서운함과는 상관없이 핑크티는 예쁜 친구들의 모임이니만큼 여러 아이들의 관심이 계속해서 쏟아졌다.

문득 '아, 가만히 있을 수 없다.' 나도 뭔가 만들어야겠다. 결심을 했다. 나도 핑크티와 같은 멋진 소속이 생겼으면 좋겠고 명예와 우러름을 받고 싶었다. 특히 특별한 몇 명의 친구들만 가입하는 모임이 아닌 모두를 위한 즐거운 모임을 만들고 싶었다. 핑크티로 인해 느꼈던 소외감을 반 친구들은 느끼지 않았으면 좋겠다고 생각했기에 모두가 가입할 수 있는 '웃음나라클럽'이라는 모임을 만들었다.

'우리 모임에 들어오면 좋은 점', '이런 활동을 해요.' 등 여러 활동사항을 만들고 우수회원에게는 스티커를 붙여줬다. 스티커가 많이 모이면 게임 CD를 나눠주겠노라 선언도 했다.

열심히 문구점에서 뽑기를 통해 얻거나 문제집을 사면 주는 CD 등, 재원은 충분했었다.

한정된 소수만 가입을 시켜준 것이 아니기에 아이들이 앞다투어 내 앞에 왔고, 핑크티 친구들 중 일부도 은근히 내 모임에 관심을 가졌다. 내가 이긴 것만 같아 의기양양해 학교 가는 날이 즐거웠다.

하지만 초등학교 4학년생들에겐 게임 CD와 상품들은 너무 자극적인 사건이었고 결국 선생님에게 불려 가게 되었다. 어떻게 친구들을 데리고 이런 사행성 짙은 놀이를 할 수 있느냐고 혼이 났고 웃음나라클럽과 핑크티는 그날 이후 언급조차 하면 안 되는 금지어가 되었다.

지금 돌이켜 생각해 보면 어린애가 영악하게도 물건들로 아이들을 홀린 감이 있어 창피하기도 했지만 소수만의 모임이 아닌 우리 모두의 평등한 모임을 만들고 싶다는 것과 나도 주목해 달라는 목표는 달성했던 것 같다. 그리고 지금 나를 예뻐해주고 나의 관심이 필요한 곳에서 나는 또 관종 짓을 하고 있다.

또 모두를 위한 모임을 만들어버렸다. 물론 이번에는 돈도 받고 관심도 받는다. 아침에 운동을 하는 한없이 건전하고 바람직한 모임. 모두가 자발적으로 운동하고 활기를 나누는 모임이다. 평생 SNS를 안 하던 나는 일주일에 두 번씩 운동하는 일상을 올린다. 아침에 운동하는 모습을 꾸준히 올리다 보면, 모르는 사람들에게 고맙다는 연락도 온다. 덕분에 아침 달리기를 시작하게 되었다고 하거나, 아침이 행복하니 하루가 행복해졌다는 얘기도 듣게 된다. 그 얘기를 듣는 나는 또 관종력이 뿜뿜하여, 내일은 실시간으로 운동 사진을 인증하겠노라 약속한다.

모두의 관심 말고, 나를 원하고 필요로 하는 곳에서 활개치고 봐 주길 바라는 작고 소심한 관종. 그게 바로 나인 것 같다.

달라붙는 옷은 입고 싶지 않아요

요즘은 운동만 열심히 해도 사람들이 알아보고 유명해져서 돈도 벌 수 있다는데 나는 아무래도 유명해지긴 틀린 모양이다. 영 달라붙는 옷, 살이 보이는 운동복은 입고 싶지가 않으니 말이다. 물론 그렇게 입고 예쁘게 운동하는 모습을 잘 찍어도 누군가 봐줄 것이란 보장은 없다. 이런 투정은 그저 휴대폰 넘어 보이는 그녀들의 완벽하고 눈부신 몸매를 질투를 하는 것일 수도 있다.

그런데 왜, 언제부터 딱 달라붙는 알록달록 레깅스가 여성 운동복의 상징이 된 걸까? 그리고 그런 운동복을 입는 것이

나의 몸을 사랑하기 위해 뚱뚱하든 날씬하든 몸을 자연스럽게 보여줄 수 있고, 그것이 당당함이라는 캠페인이 유행하기도 했다. 그런데 도무지 나는 자신이 없다. 아니, 남들이 입어도 눈 둘 곳이 없는 마당에 언감생심 내가 입는 것은 상상도 되지 않는다.

당당하다는 것은 뭔가. 남의 시선에 위축되지 않고 나만의 갈래를 펼치는 것이 당당한 것이 아닌가? 그렇다면 나는 남의 시선이 아닌 나의 시선 때문에 오히려 붙는 옷들을 안 입는 것이 내가 당당해지는 길이다. 딱 붙고 밝고 또 배꼽도 보이는 운동복들은 과연 누가 언제 입는 것일까?

어느 날 등산을 하는데, 어떤 여성분이 딱 붙고 밝고 또 배꼽도 보이는 요가복을 입고 하산하는 것을 보았다. 쳐다보면 안 되는데, 안 되는데 하면서 자꾸만 눈길이 갔다. 나뭇가지에 저 살이 베이면 어떡하지? 움직일 때마다 속옷라인이 신경 쓰이지 않을까? 다리를 움직일 때마다 (완벽한 몸매라 뱃살도 없었지만) 뱃가죽이 울그락불그락 해지는데 스스로 민망하지 않나? 내려오고 올라가는 그 짧은 순간에도 나는 그렇게 남을 신경 쓰면서 별별 생각을 다 했다.

저렇게 완벽하고 날씬한 몸인데도 내 눈과 마음은 불편했다. 내 몸을 사랑한다는 것이 내가 어떤 모습이든지 꼭 드러내고 보여줘야 하는 것은 아닐 것이다. 드러내지 않는다는 것이 나를 부정한다는 말은 아닐 것이다. 그저 내 마음에 불편하니 굳이 드러낼 필요가 없을 것이다.

사실 어린 시절에는 민소매를 입는 것조차 참 불편했다. 어디 맨 살을 훤히 드러내는지 민망하였고 스스로 부끄럽고 언짢아서 꼭 카디건을 함께 걸쳤다. 그러나 미국 유학을 다녀온 한 친구가 전학을 왔고 그 친구는 민소매를 당연하게 입고 다녔다.

어떻게 저렇게 당당할 수 있지? 궁금증도 잠시, 친구는 더운 지역에서 왔기 때문에 민소매는 호불호의 문제이기보다 생존을 위한 자연스러움이라는 것을 알려주었다. 그녀에게는 전혀 야한 복장이 아니었다. 그동안의 나는 그저 드러나는 살을 야하다고 생각하고 감추려 했지만 그녀의 당당함에 반해 민소매를 입는 것이 부끄럽지 않게 되었다.

딱 붙고 밝고 또 배꼽도 보이는 운동복을 입는 사람이 늘어나면 내 눈에도 자연스럽고 당연해 보일까? 이게 바로 자신을 사랑하는 법이라고 지속적으로 캠페인들이 펼쳐지면 나도 변하게 될까?

아직은, 변하고 싶지 않다. 설령 그것이 당당한 자기표현이라고 하더라도 나는 아직은 달라붙는 옷은 입고 싶지 않다. 예뻐 보이지 않더라도, 좋아요를 받지 못하더라도 펄럭거리고 두툼한 상의에 헐렁헐렁한 트레이닝 팬츠를 입을 때가 가장 마음 편히 당당할 수 있는 순간이다.

오늘도 길을 잃었다

작은 고백을 하자면 나는 달리는 사람 중에는 흔하지 않은 길치라서 새로운 길을 달릴 때면 무조건 길을 잃는다. 특별한 아침을 느끼기 위해 평소와는 다른 길로 들어서는 순간, 돌아갈 길을 찾지 못하고 어딘가를 달리고 있다. 오래 달렸는데도 생각했던 골목이 안 나오면 그제서야 지도를 보게 되고, 이미 집에서 아주 먼 곳까지 달려왔다는 사실을 깨닫게 된다. 아마 내 단거리 달리기 실력이 점점 느는 이유는, 아침 달리기에서 길을 잃고 난 뒤 지각의 위험이 도사리는 질주를 해야 하기 때문일 것이다.

하지만 길 잃는 달림이라서 좋았던 순간도 있다. 길을 잃으면 여지없이 오래 달려야 하기 때문에 의지로는 달릴 수 없던 긴 거리를 뛰기도 하고 생각하지도 못했던 좋은 풍경을 보며 달리기를 할 수 있기 때문이다. 아무도 모르는 길이지만 길치의 행운으로 예쁜 길을 마주하기도 한다.

여느 때와 같이 길을 잃기 한 시간 전, 오랜만에 간 부모님 댁에서 엄마와 싸우게 되었다. 택시를 타고 가면 편할 텐데, 내 일정을 무시하며 나에게 운전을 부탁하는 엄마에게 짜증을 내게 되었고 엄마 역시 크게 서운했기에 우리는 오랜만에 만나서 언성을 높이며 싸우고야 말았다. 속상한 마음과 치밀어 오른 화를 가라앉히기 위해 용인 신갈천으로 달리러 나갔다.

길을 잃기 30분 전, 마음이 복잡해서 그런지 더 긴 거리를 달리고 싶어졌고 평소와 달리 10km코스 쪽으로 발걸음을 향했다. 계속 화가 올라와서 달리고, 또 달렸다. 그리고 또 달리는데, 뭔가 느낌이 이상하다. 족히 5km를 달린 것 같은데 이쯤 되면 신갈천 반 바퀴를 돌았다는 반환점이 나왔어야 했다. 그러나 표지판에는 처음 보는 길의 이름이 적혀져 있었다.

내가 신갈천 한 바퀴도 제대로 돌지 못하는 길치였다니, 헛웃음이 났다. 계속 달릴까? 돌아갈까? 아직 화가 남아있기도 하고 돌아가기엔 러너의 자존심이 허락하지 않았다. 뛰다 보면 큰 길로 이어지겠지. 또 달렸다. 숨은 차는데 머리는 맑아졌다. 딸인 내가 큰 소리를 먼저 낸 건 잘못했던 것 같기도 했다. 그리고 조금 더 달렸다. 엄마는 당연히 딸이 운전해주는 것이 편할 텐데, 내가 너무 야박했던 것 같았다. 불현듯 고개를 드니 나는 지금 뜬금없는 기흥역 앞을 달리고 있었다. 경로를 이탈해도 지나치게 틀려버렸다.

원래 달려야 했던 길을 찾기위해 지도앱을 켰다. 급하게 나온지라 휴대폰 배터리는 달랑 3% 뿐이었다. 뛰어온 길을 그대로 되돌아 가는 것은 자존심이 허락하지 않았다. 뛰어온 길을 그대로 되돌아가고 싶지는 않았다. 3% 남은 휴대폰 배터리 중 1%를 엄마에게 전화해서 서둘러 사과하는 데 썼다. 되돌아 갈지, 지도를 볼지 망설이며 낯선 길을 무작정 달리다 보니 그제서야 엄마가 매번 운전하고 싶다는 말을 했었다는 것을 기억하고 말았다. 다른 사람들이 태워 주는 것 말고, 직접 운전을 해서 가고 싶은 곳을 마음껏 다니고 싶다고 하셨었다. 왜 그 동안 그 말들을 무시했었는지 모르겠다. 운전

면허 연수 등록에 나머지 2%를 썼다.

이제서야 홀가분하게 반환점을 돌아왔던 길을 되짚어 돌아가기 시작했다. 꺼진 핸드폰을 들고 처음 가보는 길을 참 오래 달렸다. 길은 잃었는데 엄마의 마음은 찾은 것 같다. 그리고 조만간 운전연수를 끝마친 엄마가, 모닝을 끌고 내가 살고 있는 곳으로 직접 운전해 올 날도 얼마 남지 않은 것 같다.

인생의 진리와 용기

인생의 진리는 자주 가는 동네의 화장실 비밀번호를 외우고 있는 것이고, 인생의 용기는 물건을 사지 않더라도 '화장실 좀 잠시 쓸 수 있을까요?'라고 여쭙는 것이다.

그렇다면 내가 원하는 방향대로 살기 위해서는 얼마나 많은 용기가 필요할까?

어릴 때부터 우리는 큰 용기가 필요했다. 1633을 알기 전에는 집에 전화해야 하니 100원만 빌려달라고, 버스비가 없었을 때에는 경찰서에 가서 250원만 꿔 달라고 하는 용기가 필요했다. 그마저도 용기가 없다면 돈을 못 챙긴 나를 원망하며 비 오는 날 엄마가 가져다주는 우산 없이 열심히 걸어갔다. 어릴 때는 몸으로 때울 수 있는 용기였다.

나이가 들수록 더 큰 용기가 필요한데 용기의 결과는 즉각적이지 않다.

따돌림당하는 친구를 지켜줄 수 있을까? 그 분위기에 휩쓸리지 않고 나는 친절하게 응대해 줄 수 있을까? 친구들이 다 놀러 가는데 나 혼자 아니라고 외칠 수 있을까?

학창 시절의 용기는 작은 죄책감으로 때울 수 있었다. 만일 용기가 있었다면 지금 그 시절을 떠올렸을 때 당당했을 것이다.

나 역시 당당했던 적이 절반, 죄책감이 절반인 보통의 학생이었다.

그리고 20대. 나 자신을 아낄 수 있는 용기가 필요했다. 이 용기의 결과는 매일매일의 마음과 앞으로의 인생을 좌우한다. 나를 사랑하지 않는 사람과 멀어질 용기, 나를 원하지 않는 직장에서 벗어나는 용기. 나를 소중히 여기는 것들을 더 많이 사랑해 줄 용기.

용감했다면 겪지 않았을 일들이 많았을 것이다. 잠시, 잠깐이 힘들 뿐 나를 위한 결정을 내려야 한다.

그래서, 화장실이 급하면 용기 있게 아무 건물이나 들어가서 화장실 비밀번호를 알려달라고 해야 한다. 오줌 한번 싸기 위해 4100원이나 하는 커피값을 낼 수 없다. 잠깐이 힘들 뿐, 화장실에서는 개운할 수 있다.

인생의 진리 역시 마찬가지이다.

내가 제일 행복할 수 있는 사람, 장소, 사건을 외우고 있어야 한다. 인생은 내 위주다. 내가 행복해야 세상이 행복하다. 기분이 좋지 않을 때는 향기로운 꽃을 사고, 카페에서 카푸치노 폼 많이를 외친다. 부족하면 서점에 가서 나를 교양 있게 만들어줄 무엇인가를 산다. 대표적으로 읽지 않을 책, 쓰지 않을 수첩 등. 실행은 중요하지 않다. 우선 기분이 좋아져야 다른 행동과 선택들이 의미 있어지기 때문이다.

산다는 것은 항상 나의 컨디션을 최상으로 이끌어 주지 않기 때문에 스스로 조절할 수 있는 나만의 진리가 필요하다. 나의 진리는 토요일, 넉넉한 시간, 카페, 꽃, 서점이다.

그래서, 자주 가는 동네의 화장실 비밀번호쯤은 외우고 있어야 한다. 못 외울 때는 절대 잊지 않게 스마트폰 메모에 꼭 저장해 두자. 산다는 것은 항상 나의 컨디션을 최상으로 이끌어 주지 않기 때문에, 언제 배가 아플지 모른다. 스스로 조절할 수 있는 나만의 단골 화장실 비밀번호라는 진리가 필요하다.

달리기를 즐기는 세 가지 방법

한 시간이나 달리면 지겹지 않냐고요?

달리기를, 그것도 3~5KM가 아닌 10KM 이상 뛴다고 하면 가장 많이 듣는 말은 "한 시간 동안이나 계속 뛰면 지루할 것 같다."는 소리이다.

그럴 만도 한 것이, 보통 달리기라고 하면 허우적거리든 어쩌든 다리만 쉴 새 없이 움직이면 된다고 생각하기 때문에 가장 재미없는 운동이라고 생각할 수 있다.

그러나 나의 달리기는 매일매일 색다르고 지루할 틈이 없다. 오히려 몸을 위해 쉬어줄 때가 아쉽기도 하다.

나의 달리기는 크게 세 가지로 나뉜다. 자세를 위한 교정용 달리기, 힘든 달리기, 즐거운 달리기.

자세를 위한 교정용 달리기는 그야말로 집중과 몰입의 달리기이다.

보폭을 크게 하고 뛰면 얼마나 오래 뛸 수 있을지, 종종거리는 자세로 뛰었을 때 엉덩이가 힘든지 궁리한다. 팔을 앞으로 휘적이면서 뛸지, 아니면 몸에 딱 붙이고 뛸지 시험해본다. 여러 자세로 뛰다 보면 갑자기 빨라지고 몸을 제어할 수 없는 느낌을 받는 순간이 있다. 딱 300m 정도, 더 달리기엔 너무 힘들어져서 더 유지하기가 힘들다. 이 자세의 새로움은 아마 8km 이후부터 느껴지는 일순간의 깨달음이다. 단 300m를 위해 1시간을 집중한다.

힘들면 숨으로 헉헉거리며 뛰지 말고 팡팡 다리를 내딛으며 뛰어보자. 앞 발바닥부터 닿으면 종아리가 뭉치니까 이번 한 바퀴는 뒷발바닥으로 디뎌보자.

이런 식으로 뛰다 보면 금세 목표했던 거리를 채우게 된다. 운동 강도는 물론이고 좋은 자세를 위한 훈련을 했다며 만족감은 덤이다.

힘든 달리기는 그야말로 무아지경으로 뛰어다니는 것이다. 심박수를 최대한 높여서 내가 이기나 심장이 이기나 해보는 달리기. 늘 심장이 이겨서 얼마 가지 못하고 금방 속도가 줄어들었다가 다시 미친 듯이 뛰었다가 하며 고저를 반복한다. 보통 늦은 퇴근에 몸이 답답하거나 별스러운 이유들로 마음이 답답할 때 힘든 달리기를 하는 편이다.

피를 토할 것 같은 목 끝의 쇠 맛과 함께 거센 숨을 몰아쉬면서 드는 생각은 단 하나.

'내가 이것도 하는데 인생 뭐 있냐, 더한 것도 할 수 있다. 인생 이런 거지!'

붙잡고 있던 다른 모든 일들은 지금의 힘든 달리기보다 죽을 것 같진 않다. 그 순간만큼은 땀과 함께 마음을 붙잡고 있는 찐득거리는 기운들이 뚝뚝 떨어진다. 일순간의 자신감과 해방감은 놀랍게도 달리기를 마친 뒤에도 지속된다. 죽을 만큼 뛰고 나면 모든 것은 고요해지고 개운해진다.

요즘은 오히려 반대로, 힘든 일이 있어도 개의치 않는다. 그동안 부정적인 감정을 실제로도 떨쳐왔으니까 '답답하네? 오늘 뛰러 가야겠다.' 이 생각만으로도 힘이 나게 된다.

마지막으로 즐거운 달리기는 오히려 가장 힘든 경지일 수도 있다.

남들과 대화하며 편안하게 뛸 수 있는 수준의 달리기 : 조깅

처음엔 조깅이라는 말을 들었을 때 와 닿지 않았다. 이렇게 뛰나 저렇게 뛰나 힘들어 죽겠는데, 조깅은 사치였다. 늘 조급하게 평균속도를 확인했기 때문에 평소 전력으로 달리는 속도보다 늦어지는 것은 자존심이 허락하지 않았다.

그러나 우연히 장거리를 준비해 보며 평소 달리기보다 조금 느리게 달리게 되었고 이렇게 달리면 하루 종일도 달릴 수 있겠다는 생각을 하게 되었다. 힘들지 않았다. 두근거리는 심장이 기분 좋게 느껴졌고 내 팔도 다리도 모든 것이 평화로웠다. 걷는 것보다 지금 이 순간을 유지하는 것이 더 편했다.

그저 20초 차이였다. 20초의 차이가 영원히 달릴 수 있는 사람으로 만들어 주었다. 노래를 듣지 않아도 별 생각을 하지 않아도 내 다리의 움직임이 좋았고 살랑거리는 바람이 코

끝을 지나갔고 어둑어둑해지는 풍경도 살짝 크게 들이쉬는 숨도 다 좋았다. 이대로 영원히 뛸 수 있겠다.

즐겁게 달렸고 앞으로도 계속 즐겁게 달릴 수 있을 것 같았다. 그날, 너무나도 행복한 12KM를 달렸던 것 같다.

처음에는 3km도 참 지루했다. 10km 대회를 신청했지만 4km부터 이미 힘들어서 걷고 뛰고를 반복했다. 노래가 없으면 절대 뛰지 않았다. 나를 포기하지 않게 만들어 주는 것은 급수대에 서 있는 학생 도우미들의 응원과 포카리스웨트뿐이었다. 10km는 완주해야 간지가 좀 나니까 억지로 달렸을 뿐이었다.

그저 나는 즐겁게 달리고 싶었다.

즐겁게 달리고 싶으니 잘 달리고 싶었고 자세를 위한 교정용 달리기를 시작했다. 행복하고 싶어서 힘들게 뛰어보기도 했고, 그리고 이제는 달리기 만으로도 즐거워질 수 있게 되었다. 몸을 위한 달리기가 마음을 위한 달리기가 되었다.

지나고 보니 달리기를 즐기는 세 가지 방법은 내가 행복해지는 세 가지 방법이 되었다.

쓰담쓰담, 쓰레기를 주우며 뛰어봐요! 줍줍!

뛰면서 사람들의 박수를 받을 수 있는 날은 마라톤 대회날 밖에 없을 줄 알았다. 그런 특별한 날이어야지 완주를 위해 응원 받으며 결승선에서 환호를 받으니까 말이다. 그런데 그냥 뛰기만 해도 지나다니는 사람들이 뒤돌아보고 엄지척을 해 줄 수도 있다. 사진도 찍힐 수도 있다. 바로 플로깅을 할 때이다.

플로깅(plogging) : '이삭을 줍다' 라는 스웨덴어 plocka upp(플로카 웁) 과 Jogging(조깅) 이 합쳐져 만들어진 말로, 뛰면서 동시에 이삭 줍듯 쓰레기를 줍는 운동이다. 우리나라에서는 줍깅(줍다+조깅), 쓰담쓰담(쓰레기담기), 줍줍런(줍고 달리기) 등 귀엽게 불리기도 한다.

처음 쓰담쓰담이라는 말을 들었을 때는 의미를 몰랐기 때문에 운율이 예쁘다고만 생각했다. 그러나 사람들의 쓰레기 봉투 인증과, 쓰레기를 주우며 달렸다고는 믿을 수 없는 속도 때문에 관심이 생기기 시작했다. 아니 뛰는 것도 힘든데 어떻게 쓰레기를 주우며 뛸 수 있을까? 내가 늘 달리는 거리가 고마워서 깨끗이 만들고는 싶었지만 뛰다가 무릎을 굽힐 엄두가 나지 않았다. 쓰레기에 손이 나가지 않았다.

그러나 역시 모든 시작은 장비 빨이듯, 두꺼운 장갑과 생분해성 비닐봉투가 내 손에 쥐어지고 나서 본격적으로 플로깅을 해 볼 수 있게 되었다. 집게를 쥐고 달리는 줄 알았더니 손으로 쓱- 이삭줍듯 주워가는 거였다! 그냥 달리다가 쓰레기가 보이면 런지자세로 무릎을 굽혀 쓰레기를 낚아채면 된다. 멈추면 느려지기 때문에 뜀과 동시에 주워가야하는 나름의 긴박함이 있는 운동이다.

그저 못 할 것만 같아 남들 하는 것만 구경했었는데 막상 채워야 하는 봉투를 받고 나니 내 눈에는 쓰레기 밖에 보이지 않았다. '아니, 이 길이 이렇게 더러웠다고?' 깨끗한 줄로만 알았던 산책로에는 조그만 담배꽁초들이 참 많았다. 라이터도, 담배케이스도 그야말로 담배 3종세트를 모두 주웠다. 그렇게 버리지 말라고 했던 마스크도 많이 주웠다, 봉투가 아주 크진 않아서 못 담는 쓰레기를 보면 괜히 안타까웠고 또 뒤늦게 발견해서 지나치는 쓰레기에 미련이 남았다. 그러나 뒤돌아 갈 수는 없었다. 나는 뛰어야 하기도 했기에!

그냥 달리는 것 보다 땀이 훨씬 많이 났다. 묵직해진 봉투에 몸이 마음껏 안 움직이는 것도 같았다. 그래도 주워야지, 싶어서 음료수 캔을 줍고 뛰는 순간, 자전거를 타고 지나가던 사람이 놀라는 표정으로 최고! 최고! 입 모양과 함께 엄지척을 날려주었다.

뭐야, 이런건가?

너무 뿌듯했다. 정말 별거 아니지만 무거웠던 다리에 에너지가 확 차올랐다. 조금 더 주변을 살펴보니 나를 보는 모든 사람들이 눈이 조금씩 커졌고 나를 응시하는 분들도 있었다.

마치 내가 엄청난 사람이 된 것 같은 기분이었다. 세상을 위해 좋은 일을 하는 느낌이 들었다. 이 느낌은 그냥 운동하는 개운함과는 다른 또 다른 충만함이었다.

그냥 달렸다면 '몇 분 달렸지? 몇 키로 남았지?' 이런 생각을 종종 하지만 쓰레기를 주우며 달리니 머릿 속엔 온통 쓰레기 생각뿐이었다. '저게 쓰레긴가? '저걸 주울 수 있을까' '그래, 이건 줍자! 다가가서 하나, 둘, 런지!" 하며 동동거리며 달렸더니 어느새 5KM를 훌쩍 넘겨 뛰게 되었다. 멈춘 이유는, 아쉽게도 봉투가 꽉 차서였다. 평소에는 길가에 쓰레기가 있다는 사실을 인지조차 하지 못했는데 하나하나 눈에 담기다 보니 환경에 대해 한 번 더 생각 할 수 있는 기회도 되었다.

그냥 힘들어서 못 달린 것도 아니고 쓰레기봉투가 꽉 차고 묵직해져서 멈췄다니, 다음에도 종종 플로깅해서 내가 달리는 거리는 내가 책임져야겠다는 결심이 섰다. 그리고 운동 결과를 확인해 봤더니, 글쎄, 평소에 달린 것 보다 1.5배 더 많은 칼로리 소모가 있었다. 봉투 하나 들고 달렸을 뿐인데 운동 효과도 좋고 사람들도 칭찬해 주다니, 이런 기회는 내가 놓칠 수 없지!

내 다리는 멈추지 않고! 내 손은 쓰레기 봉투를 꽉 잡고!

내 눈은 길 가의 쓰레기를 응시하지! 인생 최초 줍줍런도 성공!

달리기에는 찰나의 순간들이 있다

아침이 되면 보통의 나는 그냥 달린다. 묵묵히 시간을 들여 거리를 쌓아가는 순간이 좋다. 땀방울이 턱 밑으로 뚝뚝 떨어지면 오늘 하루를 즐길 수 있는 에너지가 모이기 시작한다. 1km는 즐겁다. 지난 밤 따뜻하게 웅크려 있던 몸을 펴고 훕훕 날아 뛰어간다. 너무 빠른 속도가 아닌가 싶지만 마음이 달리는 거라 어쩔 수 없다. 2km는 달리는 느낌이 살짝 든다. 출발할 때 조금 천천히 달릴 걸, 후회도 되지만 땅을 디디는 느낌이 너무 좋아서 멈출 수가 없다. 그렇게 3km가 되면 숨겨놨던 생각들이 갑자기 튀어나온다. '어제 친구한테 너무 짓궂은 말을 한 것은 아닐까?', '이번 보고는 어떤 방향으로 풀어내야 하지?' 등등 애써 생각하기 싫은 일상들이 퐁퐁 떠오른다. 미리 고민하고 싶지 않아서 잘 눌러서 숨겨놨다가 직면하곤 하는 그런 상황들 말이다.

불편한 마음에 조금 더 속도를 높이면 어느 새 4km가 되고 생각은 숨이 버거워서 흩어지게 된다. '그래, 그냥 달려야지. 아무 생각도 하지 말아야지….' 너무 힘들기 때문에 신나는 노래를 크게 틀고 속도를 줄인다. 호흡법을 가다듬고 착지법을 바꿔본다. 생각이란 것을 하지 않게 된다. 5km, 6km, 7km. 미드풋이나 팔치기, 허벅지로 달리기 등 여러 동작을 시험 해 본다. 주변 풍경도 둘러보고 햇살도 한 번 흘깃 봐 준다. 그리고 순간, '이렇게 풀어가 볼까?' '한 번, 해 볼까?'

찰나의 순간이 온다. 후회와 복잡한 감정은 이미 휘발된지 오래고, 생각하지 않으려 했던 문제들이 뒤통수에서 맴돌고 있다. 이유는 모르겠는데 하면 될 것 같다. 뭔가 실마리가 잡혔다.

8km, 어느새 가쁜 숨은 잦아들었고, 다시 다리에 힘을 주기 시작한다. 빠르게 달리면 금방 헐떡거릴테니까 천천히, 그래도 쉬지 않고 달린다. 아직 돌아갈 길이 남아 있다. 9km,

조금 더 잘 달릴 수 있을 것 같지만 이제 욕심을 내지 않고 돌아가는 길만 바라본다. 얼마 안 남았지. 멈추지만 말자. 그리고 10km, 마지막으로 남은 에너지를 쥐어짜 낼 수 있는 만큼 가장 크고 빠른 보폭으로 뜀박질을 한다. 괜히 언덕길 한 번 올라가 주고, 부들거리는 허벅지를 부여잡고 큰 숨을 들이켜니 에너지가 차오른다. 땀도 흘렸고 에너지도 얻었고 설명할 수는 없지만 깨달음도 얻은 것 같다. 이제 집으로 돌아가자.

에필로그

같이 뛸래?

아침에 뛸 수 있나요? 아니 일어날 수 있나요?

"여름에는 덥다고 안 나가고, 겨울에는 춥다고 못 나가면 언제라도 할 수 없으니까 이번 기회에 아침에 운동할 수 있는 사람이라는 것을 자연스럽게 느끼게 해 드릴게요."

"저 역시 아침에달리 시작 전에는 일어나지도 못했던 사람이었어요. 우연한 기회에 새벽에 한 번 뛰게 되었고 그때부터 아침을 누리는 사람이 되었으니까요. 확찐살 걷어내 보죠, 아침 햇살을 통해 습관 개선과 활력도 얻어보죠."

"사실, 빼지는 못하더라도 유지는 해야 하잖아요, 몇 달간 뛰고 걸어보니 일주일에 20km를 달리면 빠지고 15km를 달리면 유지가 되더라고요. 그래서 매일 3k 이상씩 같이 뛰고 걸을 분들을 모집합니다. 매일의 운동이 천원 이상의 가치가 있다고 생각하시는 분만 참여해 주세요."

힘들게 혼자 하다 포기하기 싫어서 만든 프로젝트인 아침에달리의 고정 문구이다.

같이 하면 해 낼 수 있으며, 아침 에너지와 활력은 숨겨진 선물이라는 것을 알게 되고 나서 시작한 아침에 3KM 이상

매일 뛰거나 걸어야 하는 가혹한 프로젝트가 이제까지 11회나 진행되었다. 처음엔 '누가 신청하겠어, 나는 유명한 사람도 아닌데' 하며 올린 글이었지만, 10명 내외로 꾸준히 신청하고 각오를 다지고 함께 아침마다 뛰는 일상이 이어지고 있다. 여름 그 뜨거웠던 날부터, 손가락이 얼 것 같은 지금 이 순간까지 말이다.

그런데 고맙다고 한다. 아침에달리 아니었으면 새벽에 일어날 수도 없을 거고 나올 생각도 못했을 거라고 한다. 또 매년 새해 목표가 아침에 운동하는 것인데, 나와 같이 그 목표를 이뤘기 때문에 절대 멈추지 말고 계속 운영해 달라고 한다.

한 달 동안 잘 해낸 사람들에게 소정의 기념품을 드리면 그분 들은 나에게 다시 커피나 케이크 같은 다른 선물을 주신다. 잘 참여해서 돈을 돌려드리면 의미 있는 돈이라고 기부를 하신다. 이게 나한테 있을 수나 있는 일인가?

그리고 인스타 DM으로 응원 쪽지를 받기도 한다. 덕분에 아침운동을 시작했다고, 피드 잘 보고 있다고. 그분의 계정을 들어가 보니 어디 호주에서 달리고 계셨다. 와, 나 이런 사람인가?

나 역시 아침운동이라곤 상상조차 해 본 적이 없었다. 그저 아침에 하는 이유는, 저녁은 항상 일이 많으니까. 야근을 할 수도 있고, 약속이 있을 수도 있으니까. 그리고 함께 참여하시는 분들 역시 저녁은 늘 방해받기 쉬웠다. 특히 어린자녀를 돌봐야 하기 때문에 시간을 내실 수 없는 분들도 많았다.

그래서 우리는 나만의 온전한 시간인 아침시간을 이용하여 운동을 한다.

나는 같이 해야만 할 수 있는 사람이다. 운영자인 내가 못 하면 창피해서 프로젝트를 진행할 수나 있겠는가? 그래서 참가자들을 도와주는 것이 아니라, 그분들이 나를 도와주고 있는 것과 다름없다. 친구들은 왜 이렇게 귀찮은 일을 사서 하는지 늘 궁금해하지만, 이게 나를 위한 일이었다. 내가 좀 더 수고스럽더라도 같이 하는 것. 나의 아침운동의 비결인 것 같다.

새벽 운동은 정신력이 아닌 습관과 자연스러운 시스템인데, 같이 뛸래?

아침이 특별하면 하루가 특별한데, 한 번 같이 뛰어 볼래?